Ulrike Thimme

Danke, Mister Newton

Ulrike Thimme

Danke, Mister Newton

Roman

G. Braun Buchverlag

Im Vorübergehen streifte ihr Blick das Bild und sie hielt inne. Sie schaute noch einmal in das schmale Schaufenster, in dem, mild beleuchtet, nur dieses Bild stand. Das Gelb der großen weichen Formen strahlte Wärme aus. Gelb auf rosa Grund – ungewöhnlich. Aber die beiden Farben berührten sich zart, passten zueinander. Sehnsucht nach Sonne, nach einer Sommerwiese stieg in Bettina auf an diesem kühlen Februarnachmittag – und nach Zärtlichkeit.

In der Tür neben dem Fenster rasselte ein Eisengitter, wurde aber nur ein kleines Stück heruntergelassen.

»Guten Abend. Ich wollte gerade schließen, als ich Sie sah. Gefällt Ihnen das Bild? Möchten Sie hereinkommen?«

Auffallend an dem Mann, der auf den Stufen stand, waren die fast weißen schulterlangen, glatten Haare, die das jung wirkende bräunliche Gesicht umrahmten. Er war mittelgroß, oder für einen Mann eher klein, ganz in Schwarz gekleidet und trug eine randlose Brille.

»Nein, nein, das heißt ja, es gefällt mir. Es ist ...«

»Wir könnten uns ja drinnen noch ein bisschen darüber unterhalten?«

»Leider nicht. Ich bin auf dem Weg zum Bahnhof. Ich muss zum Zug.«

»Schade.«

Sie sah noch einmal auf das Bild, dann in sein Gesicht, dann auf ihre Armbanduhr.

»Oder eigentlich könnte ich auch einen Zug später nehmen.«

»Ich freue mich. Kommen Sie herein.«

Bettina stieg fünf Stufen hinauf in einen großen, hell erleuchteten Raum mit vielen Bildern an den Wänden. An der Rückwand stand ein riesiger alter Holztisch, vollgepackt mit Büchern.

»Möchten Sie sich zuerst einmal umsehen? Dann koche ich uns einen Tee, wenn es Ihnen recht ist.«

Der Mann verschwand hinter einer Tür, und sie betrachtete die Bilder. Leuchtende Farbflecken, an Blumensträuße oder manche auch an Landschaften erinnernd. Auf einer anderen Wand schwarze Tuschzeichnungen, Gesichter, nur angedeutet, mit eindringlichen Augen, düster, traurig oder erschrocken. Gebeugte Gestalten, sich aneinander klammernde Paare. Der Maler hieß Shmuel Shapiro, las sie auf dem Katalog, der zuoberst auf dem Tisch lag.

Der weißhaarige junge Mann kam zurück und setzte ein Tablett auf einer Ecke des Tisches ab. »Ich heiße Roberto Pascual«, sagte er mit leicht rollendem R und schenkte Tee ein.

»Burgner«, murmelte Bettina, und weil ihr zunächst nichts anderes einfiel, fragte sie: »Und Sie sind der Besitzer der Galerie?«

»Nein, nein. Dies ist die Galerie Felix Giltemeier. Wir sind befreundet und ich helfe hier öfters aus. Soll ich das Bild aus dem Schaufenster holen?«

»Wenn es keine Mühe macht?«

Er stellte es auf eine Staffelei und sie stand davor und nippte an dem noch zu heißen Tee. Hoffentlich dachte dieser Mann mit dem spanischen Namen nicht, sie sei eine potentielle Käuferin.

Das über einen Meter hohe Bild sah aus der Nähe anders aus, zog sie aber weiter magisch an. Die drei großen goldgelben Formen entfalteten sich vor dem rosa Grund, der an manchen Stellen mit bläulichem Grau wolkig vermischt war. Da wo die mittlere, hellere Form an die rechte dunklere grenzte, schien sich eine Spalte zu bilden.

»Sie lachen jetzt vielleicht«, sagte Bettina, »aber ich musste da draußen auf der dunklen Straße plötzlich an den Sommer denken, an aufgehende Blumen. Obwohl so etwas ja gar nicht zu sehen ist auf dem Bild. Aber es hat so ein Leuchten. Was stellt es überhaupt dar?«

Auch Roberto Pascual stand der Staffelei zugewandt, lächelte und schwieg.

»Ich meine ...«, fuhr sie fast entschuldigend fort, »aber das ist vielleicht alles Quatsch, was ich da sage. Es sind ja weder grüne Blätter noch blauer Himmel zu sehen, und diese gelben Teile haben auch eigentlich nicht die Form von Blütenblättern.«

»Ich habe festgestellt«, er musterte sie von der Seite, »dass die Betrachter oft ganz verschiedene Dinge im gleichen Bild sehen. Jeder bringt seine eigenen Erinnerungen, seine Wünsche, bringt sich selbst mit. Und je reicher ein Bild ist, umso unterschiedlichere Assoziationen kann es auslösen.« Es klang einleuchtend und nicht belehrend, fand sie.

»Aber was wollte der Maler zeigen? Wie ist der Titel?«

»Es gibt keinen Titel.«

»Und was sehen Sie darin?«

Er zögerte. »Die sich öffnenden Gebilde könnten doch auch – Schenkel sein, oder?«

Sie lachte ein wenig irritiert und schaute noch einmal genauer hin. »Und der Maler hat einfach die Farben vertauscht? Rosa für den Hintergrund und Gelb für ... damit es nicht so auffällt sozusagen?«

»Möglich. Ja. So könnte man es ausdrücken.« Amüsiert betrachtete er ihr Profil mit dem staunend leicht geöffneten Mund. »Übrigens gibt eine kleine Geschichte, die der Besitzer erzählt hat, vielleicht doch einen Hinweis auf das Thema. Der Maler Shapiro habe in seinem englisch gebrochenen Deutsch davon gesprochen, dass ›eine Mann in eine Frau‹ gehe, und ein Freund habe dann vorgeschlagen, das Bild *Entrance to Paradise* zu nennen.«

»Oh. *Entrance to Paradise.* Das gefällt mir.« Nur zögernd wandte sich Bettina den Bildern an der Wand zu. Sie wunderte sich darüber, dass der gleiche Maler so fröhliche Sachen gemalt hatte – »egal jetzt mal, ob man die rosigen Kreise hier nun für Blumen oder für einen Busen hält«, sagte sie, jetzt schon kühner, »und auch so traurige wie diesen alten Mann. Er wirkt geplagt.«

»Ein alter Jude, ja. Hiob – oder ein Selbstporträt? Aber das gibt es doch bei vielen Künstlern. Wenn Sie zum Beispiel an Picasso denken: das Erotische neben dem Schrecklichen, das Heitere neben dem Grausamen ...«

Über Picasso wollte sie sich lieber nicht äußern. Sie sagte: »Ist ja auch im Leben so. Gerade hat man etwas Schlimmes erlebt, und schon freut man sich.«

»Freuen Sie sich jetzt?«

»Ja.«

»Und vorher war etwas Schlimmes?« Er klang richtig teilnehmend.

»Jedenfalls nichts Erfreuliches.« Sie schaute noch einmal auf das Bild auf der Staffelei. »Die rosa Flächen könnten ja auch der Himmel sein? Ich würde das Bild gern jeden Tag ansehen. Was kostet so was?«

»Neun.«

»Neun was?«

»Neuntausend.«

»Oh.«

»Soll ich es reservieren?«

»Nein, nein, vielen Dank.« Sie war verwirrt. »Ich könnte es auch gar nicht aufhängen. Und jetzt muss ich leider gehen.«

»Schade. Wissen Sie, ich bade hier öfters in so einer Art lauwarmem Bildungsschaum. Und Sie haben so etwas Erfrischendes.« Das R rollte fast zärtlich. »Ich hoffe, Sie kommen wieder.« Er nahm einen Katalog vom Stapel auf dem Tisch und schrieb etwas hinein. Seine ein wenig spöttisch blickenden braunen Augen hinter den Brillengläsern, sein Geruch nach englischen Zigaretten und – war es Leder? –, Bettina atmete ein, die ganze Atmosphäre, sie sah sich noch einmal um, die Bilder – sie atmete aus und lächelte.

»Ja, ich komme wieder.«

Als sie die Abteiltür aufschob und fragte: »Ist hier noch frei?« schaute die Frau am Fenster kurz von ihren Papieren auf und murmelte: »Ja, natürlich.« Sie warf Bettina einen Blick zu und sah dann wieder auf die beschriebenen Seiten. Bettina stellte ihre Reisetasche ab, hängte ihren Mantel auf und setzte sich.

Die Frau hatte glattes, straff nach hinten gebürstetes braunes Haar mit ein paar hellen Strähnen. Dunkelgrüner Rollkragenpullover, Kaschmir. Bettina betrachtete die Hände mit den unlackierten, wohlgeformten Nägeln. Der kleine Finger der linken Hand war verkürzt und das mittlere Glied stand spitz nach oben – wie bei Mama, ging es Bettina durch den Kopf –, die einzige Unebenheit an dieser Frau. Hohe Stirn, schmale Lesebrille, voller, klar umrandeter Mund. Anfang fünfzig?

Bettina griff in die Reisetasche, die neben ihr auf dem Sitz stand, zog den Katalog heraus, schlug ihn auf und las die Widmung. »Bitte bald wiederkommen! R. P.« Roberto Pascual. Sie sah seine schmale bräunliche Hand vor sich mit dem silbernen Kuli – fast wie eine Frauenhand. Lange betrachtete sie das Bild mit den Blütenblättern – oder Schenkeln? Als sie aufsah, schaute die Frau gegenüber sie freundlich an und nahm die Brille ab. Sie hatte helle Augen mit dichten Wimpern.

»Eben hätte ich Sie gern fotografiert.«

»Mich? O Gott, wieso das denn?«

»Es ist mein Beruf. Mir schwebt ein Video vor, in dem auch lesende Menschen vorkommen. Das Ganze ist noch eine vage Idee.«

Vorhin dieser Roberto Pascual und nun schon wieder so ein Wesen von einem anderen Stern. Ein merkwürdiger Tag heute.

»Ich habe aber gar nicht gelesen, ich habe mir ein Bild angeschaut.«

»›Lesende Menschen‹ klingt ja auch etwas betulich, so nach Büchergilde. Ich meine eigentlich ›Konzentration‹ oder ›Vertieft sein‹ – jedenfalls etwas, das im Gegensatz steht zum hektisch Bewegten, etwas Statisches, Ruhevolles. Vielleicht gelingt es mir, beides in einer Arbeit zu kombinieren.«

Bettina war überrascht, dass die Frau nach fünf Minuten Bekanntschaft so frei von ihrer Arbeit, von ihren Ideen sprach.

»Fotografin, Videokünstlerin«, Bettina wollte mehr hören, »das muss ein interessanter Beruf sein.«

»Ja. Aber oft auch mühsam. Ich mache das jetzt seit ungefähr zehn Jahren, beruflich, meine ich. Ich habe früher gemalt, natürlich auch immer fotografiert. Aber dann wollte ich ganz bestimmte Dinge ausdrücken, Stimmungen, Gedanken, Beobachtetes zusammenfassen. Und das brauchte Zeit, bis ich die geeigneten Formen fand. So wie niemand als Porträtist auf Anhieb die Tiefe von Gisèle Freund oder die Könnerschaft von Helmut Newton erreichen kann, so ist es auch im Videobereich, der mich zur Zeit weit mehr interessiert. Jemand wie Shirin Neshat etwa hat sich eine ganz neue Bildwelt erschaffen.«

Bettina hatte nicht die geringste Ahnung, von wem die Fremde sprach. Die setzte unbefangen die Unterhaltung fort: »Darf ich mal fragen, was für ein Katalog das ist?«

Bettina klappte den Band zu und hielt ihr das Umschlagbild entgegen.

»Ach, bei Giltemeier erschienen. Shapiro. Sammeln Sie?«

»Nein, leider nicht.«

»Leben Sie in Hannover?«

»Nein. Ich war nur kurz dort.« Sie wollte das Gespräch nicht abbrechen lassen. »Ich habe meine Mutter besucht. Sie lebt allein, und ich mache mir Sorgen um sie.«

»Ist sie krank?«

»Ach, krank eigentlich nicht, lauter Altersbeschwerden. Aber seit dem Tod meines Vaters vor drei Jahren wird sie so gleichgültig. Sie hat eben immer nur für ihn, oder früher für uns beide gelebt. Sie lässt sich gehen, auch äußerlich, und die Wohnung verschlampt. Dabei war meine Mutter früher sehr proper. Sie will aber keine Hilfe.«

»Schwierig. Und Sie können nicht erwägen, mit ihr zusammenzuziehen, sie zu sich zu nehmen?«

»O Gott, nein, das ginge überhaupt nicht, mit meinem Mann im gleichen Haus! Mein Mann ist ein ziemlicher ... ist ziemlich bestimmend, wissen Sie.«

»Ah ja, ich verstehe.«

»Ich will damit nicht sagen ... oder vielleicht doch ... Entschuldigen Sie. Sie und ich, wir kennen uns ja gar nicht.«

»Macht doch nichts. Ich erzähle ja nichts weiter. Das

ist das Angenehme im Eisenbahnabteil, finde ich. Die Anonymität, ein bisschen wie im Beichtstuhl.«

»Sind Sie katholisch?«

»Oh, no! Aber das mit der Beichte war ursprünglich ja eine schöne Erfindung der katholischen Kirche: eine Gelegenheit für die bedrückten Menschen sich aussprechen zu können, ohne Angst zu haben, dass es überall verbreitet wird.«

»Na ja, aber wie das dann in der Praxis aussieht, dieses Abfragen der kleinen Kinder nach sündigen Gedanken und so ...«

»Ich meinte ja bloß die Grundidee. Die hat später dann wohl die psychotherapeutische Praxis übernommen.«

Bettina lachte. »Meinen Sie das Abfragen nach sündigen Gedanken?«

»Dafür müsste man erst mal abklären, was Sünde ist. Jedenfalls können die Menschen bei dem Priester oder dem Therapeuten etwas loswerden, das andere nicht wissen sollen. Letzten Endes ist es vielleicht egal, ob man nach der Beichte Rosenkränze betet oder in der Therapie gute Ratschläge bekommt. Das Wichtige ist, dass man's einmal ausgesprochen hat. Sich über etwas klar geworden ist. Dass jemand zugehört hat. Und das kann vielleicht sogar im Eisenbahnabteil geschehen.«

»Waren Sie mal beim Therapeuten?« Nie hatte Bettina einen anderen Menschen etwas derart Intimes gefragt.

»Ja. Vor langer Zeit.«

»Und? Hat es Ihnen etwas gebracht?«

»Ich war in einer Krise damals«, erklärte die Andere

mit ihrer erstaunlichen Offenheit. »Ich hatte festgestellt, dass meine Eltern mich viele Jahre lang getäuscht hatten. Ich hatte plötzlich Zweifel, wer ich überhaupt war und was ich wollte. Das weiß ich heute.«

»Ja. Sie wirken sehr sicher.« Bettina schaute die Frau noch einmal an, mit einem leichten Seufzer.

»Das klingt, als fühlten Sie sich nicht so ganz in Balance?«

»Ach, ich habe oft das Gefühl, ich weiß einfach zu wenig. Ich weiß einfach überhaupt nichts, könnte man sagen.«

»Das glaube ich nicht. Sie sehen doch recht intelligent aus. Und wach. Das ist das Wichtigste.«

»Gerade auf dieser kurzen Reise habe ich das Gefühl gehabt, dass ich mein Leben irgendwie verdudele.«

»Hatten Sie einen Beruf, vor Ihrer Ehe?«

»Ich habe sehr früh geheiratet, ich war erst zwanzig ... Wir haben zwei Söhne, Zwillinge, die sind jetzt sechzehn.«

»Dann haben Sie doch schon einiges geleistet.« Es sollte wohl tröstlich klingen.

Bettina blickte aus dem Fenster, dann wieder auf ihr Gegenüber. »Ich glaube, jemand wie Sie kann das nicht verstehen.« Sie griff nach dem Katalog, als wäre das Gespräch doch zwecklos. Die Andere setzte ihre Brille auf und nahm eins ihrer Papiere zur Hand.

Nach einem langen Schweigen hatte sie plötzlich eine Kamera vor dem Gesicht. Es klickte und surrte mehrmals.

»Entschuldigen Sie, ich konnte nicht widerstehen. Wenn was draus wird, entdecken Sie sich vielleicht eines Tages in einer Galerie.«

»Kaum. Wir gehen nie in Ausstellungen.«

»Ah ja. Ich dachte ...« Die Frau schüttelte nachdenklich den Kopf.

Plötzlich hatte Bettina das Bedürfnis, die unwiederholbare Chance zu nutzen, Fragen zu stellen, alle ihr in letzter Zeit dringlich gewordenen Fragen. »Ich bin heute zum ersten Mal in eine Galerie geraten«, sagte sie. »Ich wollte eigentlich nur ein paar Schaufenster angucken auf dem Weg zum Bahnhof.« Die Frau sah sie aufmerksam an. »Ich habe zum ersten Mal in meinem Leben ein Bild gesehen, das ich gerne besitzen würde. Es war, wie soll ich sagen – geheimnisvoll und mir doch irgendwie vertraut. Der Galerist ...«

»Sehr geehrte Fahrgäste! In Kürze erreichen wir Frankfurt am Main – Hauptbahnhof. Frankfurt Hauptbahnhof. Die Anschlüsse ...« ertönte es durch den Lautsprecher.

»Schade«, sagte die Frau, als die lange, überlaut schnarrende Ansage zu Ende ging, während der Zug in die Bahnhofshalle einrollte. Sie hatte ihre Papiere zu einem Stoß zusammengeklopft und in eine Klarsichtfolie geschoben. Sie hängte sich ihre große Tasche über die Schulter und nahm den Mantel über den Arm. Sie sah Bettina noch einmal aufmerksam an. »Wirklich schade.«

Bettina war aufgestanden. Die Andere war ein gutes Stück größer als sie. Sie gaben sich die Hand – etwas ungewöhnlich in einem Eisenbahnabteil für zwei Frauen, die sich nicht einmal mit Namen kannten.

»Alles Gute«, sagte die Andere. »Und viel Mut!« Sie schob die Abteiltür auf, blickte vom Gang noch einmal durch die Glasscheibe und hob grüßend die Hand, ehe sie von den Mitreisenden weitergedrängt wurde und verschwand.

Bettina sah aus dem Fenster, verlor sie im Menschengewühl auf dem Bahnsteig aber sofort aus den Augen. Sie hatte das Gefühl von einem Verlust, von Trauer beinahe. Auch die Frau hatte »schade« gesagt, wie Roberto Pascual. Aber für was hatte sie ihr »viel Mut« gewünscht? Für das Leben im Einfamilienhaus in Stupferich?

Das Haus nach dreitägiger Abwesenheit: Wäsche und Kleidungsstücke auf den Fußböden. Gebrauchtes Geschirr und angesetzte Pfannen und Kochtöpfe in der Küche – irgendetwas muss ich falsch gemacht haben bei der Erziehung – die Pflanzen auf den Fensterbänken halb vertrocknet, der Kühlschrank fast leer. Bad, Dusche ... Nachdem sie die Zahnpastatube und die Shampooflasche zugeschraubt und den Spiegel blank gerieben hatte, schaute sie hinein: blasses Gesicht mit grauen Augen, zwischen deren Brauen sich zwei kleine senkrechte Falten gebildet hatten, schmale, etwas zu lange Nase, voller Mund, unauffällige regelmäßige Zähne. Sie knöpfte die Bluse auf, betrachtete zufrieden den Hals, die geraden Schultern und den festen kleinen Busen. Die Haut war jetzt im Februar natürlich noch zu bleich. Mittelblondes schulterlanges Haar ... langweilige Frisur. Wieso sieht ein ähnlicher Haarschnitt bei Roberto Pascual so interessant aus? Nun ja, bei einem Mann, und noch dazu fast weiß. Wie alt mag er sein? Ungefähr wie ich, Mitte bis Ende dreißig? Die Gespräche in der Galerie und im Zug, der ganze gestrige Tag kamen ihr jetzt vollkommen unwirklich vor.

Bettina warf das Wischtuch achtlos ins Waschbecken und ging zum Schlafzimmer hinüber. Sie zog den Katalog unter der Zeitung auf ihrem Nachtkasten hervor, unter die sie ihn am Abend beim Auspacken der Reisetasche geschoben hatte, und setzte sich aufs Bett. Sie würde gern mehr über den Maler Shmuel Shapiro erfahren. In dem Katalog fand sie biografische Notizen: 1924 in New Hampshire geboren, 1983 im Allgäu gestorben. Über fünfzig Ausstellungen waren aufgeführt. Das Wort Bibliografie las sie zum ersten Mal seit ihrer Schulzeit. Ach, das waren die Sachen, die über Shapiro geschrieben worden waren. Hier zum Beispiel: *Fischer, Anton: Shmuel Shapiro entdeckt die Farbe Grün.* Ja, auf einigen Bildern war ein ganz merkwürdiges Grün zu sehen gewesen, künstlich und natürlich zugleich, als wolle der Maler zeigen: Ich male die Wiese extra nicht wie auf einem Farbfoto, aber ihr sollt erkennen, was eine Wiese wirklich ist. Den Aufsatz über die Farbe Grün würde sie gern einmal lesen. Wo bekam man so etwas? In einer Buchhandlung? Bei ihrem nächsten Hannoveraufenthalt wollte sie mehr Zeit für diese Galerie haben. Allerdings hing das natürlich von dem Zustand ihrer Mutter ab.

Ach, Mama. Schlimm, wie sie jetzt aussah. Die Haare, die sie früher zu einem Knoten aufgesteckt trug, hingen ihr strähnig über die Ohren. Mit Mühe hatte Bettina sie zu einer Haarwäsche überreden können und hatte auch mit ein paar vorsichtigen Bemerkungen durchgesetzt, dass sie der Mutter die Fingernägel schneiden und feilen durfte.

»Du kannst jetzt, glaube ich, einfach nicht mehr so gut sehen, Mama. Was hältst du davon, wenn wir für meinen nächsten Besuch mal den Augenarzt einplanen würden? Wie hieß der doch? Sieber?«

»Ach der. Der hat doch längst zugemacht. Der ist doch fast in meinem Alter. Die meisten guten Ärzte sind überhaupt längst tot.«

»Na, vielleicht sind ja ein paar neue nachgewachsen?«

»Zu so einem jungen Schnösel gehe ich nicht.«

»Mit einer anderen Brille würdest du aber bestimmt besser sehen können.«

»Ich kann sehr gut sehen.«

»Aber Mama, es ist doch keine Schande, wenn man im Alter schlechtere Augen bekommt. Das geht doch allen so. In der Wohnung übersiehst du jetzt auch manches. Ich habe vorhin in der Küche ...«

»Ich verbiete dir, hier wieder in meiner Wohnung herumzuwirtschaften. Das letzte Mal, als du weggefahren warst, habe ich nachher stundenlang nach meinen schwarzen Pantoffeln gesucht.«

»Ich hatte dir doch die blauen hingestellt, die sind viel wärmer.«

»Die schwarzen habe ich von Papa geschenkt bekommen, zu meinem fünfzigsten Geburtstag.«

»Jawohl, die kriegen die Treuemedaille für fünfundzwanzig Dienstjahre.«

»Die sind erste Qualität. Von Bally. Und meine graue Strickjacke habe ich bis heute noch nicht wiedergefunden.«

»Diese gestreifte steht dir doch viel besser, Mama, sie macht dich jünger.« Bettina verschwieg, dass sie die fleckige graue mit den ausgefransten Knopflöchern und Ärmelrändern in der Mülltonne hatte verschwinden lassen. Eigentlich hatte sie dazu ja kein Recht gehabt. Sie hätte die Mutter fragen sollen.

»Jünger! So ein Quatsch. Ich bin doch nicht Frau Mischreuter, die sich immer zurecht macht wie ein junges Mädchen. Mit ihren kurzen Röcken. Lächerlich.«

Frau Mischreuter, Wohnungsnachbarin, langjähriges Zielobjekt von Mamas lustvoller Strenge.

»Ich glaube, ich suche jetzt mal nach einem Augenarzt hier in der Nähe und mache einen Termin«, lenkte Bettina ab.

In dem Regal auf dem Flur konnte sie das Branchenbuch nicht finden. »Wo hast du denn deine Telefonbücher, Mama?«

»Weiß ich nicht. Brauche ich auch nicht. Ist ja sowieso alles viel zu klein gedruckt.«

»Mit einer besseren Brille könntest du vielleicht ...«

»Jetzt lass mich mit der blöden Brille in Frieden. Fernsehen kann ich jedenfalls noch sehr gut. Schade, dass ich vorhin den Film nicht zu Ende gucken konnte. Die Romy war als Sissy doch einfach süß. Die war übrigens die Tochter von Wolf Albach-Retty, der war ...«

»Ja, wirklich schade, dass ich dich durch mein Kommen gestört habe«, sagte Bettina, nun schon etwas grimmig. Sie schaltete den Fernseher ein. »Bitte, hier ist bereits der nächste schöne Film!«

Sie ging aus dem Zimmer. Sie wollte die Zeit, in der ihre Mutter abgelenkt war, nutzen, um im Schlafzimmer zu lüften und das Bett frisch zu beziehen.

Wie mühsam das wieder alles gewesen war.

»Ich mache mir ziemliche Sorgen um Mama«, sagte Bettina beim Abendessen.

»Ist Oma denn krank?« fragte Jan.

»Nein, krank eigentlich nicht. Rheumatisch, die Knochen tun ihr weh, und sie ernährt sich falsch und sie ist sehr einsam. Sie guckt den ganzen Tag fern.«

»Ist doch gut, dann kriegt sie noch was mit von der Welt«, befand Piet.«

Bettina sah ihn an. »Klar. Alle wichtigen Themen: ›Nur Dr. Frank sah in ihr Herz‹ und ›Feinripp oder String?‹ und ›Sissy. Mädchenjahre einer Kaiserin‹ ... Weißt du, Gunter, sie schafft den Alltag einfach nicht mehr ...«

Ihr Mann wusste wie immer, was zu tun sei. »Dann musst du sie eben in ein Heim geben.«

»In ein Heim geben! Das klingt ja, wie ein Paket zur Post geben! Schließlich ist sie ja noch ein denkender Mensch mit einem eigenen Willen.«

»Dann soll sie sich gefälligst zusammenreißen.«

»Also, so einfach ist das im Leben ja nun wahrhaftig nicht immer.«

»Was willst du denn nun eigentlich? Kann sie allein leben oder nicht? Und darf ich mal fragen, warum wieder kein Salz auf dem Tisch ist?«

Bettina stand auf und holte den Salzstreuer aus dem Sideboard.

»Ist das Gratin denn nicht genug gesalzen?«

»Salz gehört immer auf den Tisch.«

Piet und Jan sahen sich an, grinsten und beugten sich wieder über ihre Teller.

»Ich verstehe überhaupt nicht, wieso du da alle nasenlang lang hinfahren musst, wenn deine Mutter ein denkender Mensch mit einem eigenen Willen ist, wie du sagst.«

»Ich fahre nicht alle nasenlang, sondern höchstens alle zwei Monate nach Hannover.«

»Jedenfalls denke ich, du solltest bald eine Lösung für das Problem finden.«

»Möchtest du lieber, dass Mama zu uns zieht?«

Die Jungen hoben gleichzeitig die Köpfe.

»Ich finde, du solltest mich nicht in Gegenwart der Kinder auf die Schippe nehmen.« Gunter kniff die Lippen zusammen.

»Weißt du, Jan«, sagte Piet, übergangslos, so schien es, »ich fand die fette Frau Gronemann damals, das war in der vierten Klasse, glaube ich, ja sonst ziemlich bescheuert. Aber erinnerst du dich noch, wie sie uns das

Märchen von dem Großvater und dem Enkel vorgelesen hat? Da hast du geheult.«

»Ich? Geheult? Und bei der Gronemann? Glaub ich nicht. Wie kommst du denn darauf?«

»Ja, was soll überhaupt jetzt dieses Geschwätz?« fragte der Vater gereizt. Piet hatte manchmal eine ganz bestimmte Art, nur mit Jan zu reden, als seien sie allein auf der Welt.

»Fiel mir gerade ein«, fuhr er ungerührt fort. »Die las mit so leicht bibbernder Stimme, aber nicht schlecht. Die hatte richtig was Engagiertes. Weißt du, das war so eine Geschichte, wo ein Großvater in der Ecke sitzt und nicht mitessen darf, weil er sabbert und Geschirr zerbrochen hat. Er hat bloß einen kleinen Holznapf. Und da schnitzt der vierjährige Enkel den Eltern schon mal im voraus eine Schüssel, aus der sie später essen sollen, wenn sie selber weg vom Fenster sind.«

»Ah ja, ich hab so 'ne dumpfe Erinnerung.« Jan nickte.

»Und was soll das jetzt?« fragte der Vater noch einmal.

»Na, was schon. Ist ja auch scheißegal.«

»Ich verbitte mir diese Ausdrücke beim Essen.« Gunter schlug mit der flachen Hand auf den Tisch, traf seinen Serviettenring, der auf den Boden rollte. Bettina bückte sich und hob ihn auf. Sie sah Piet aufmerksam an. Dann sammelte sie die Essteller ein und legte die Käsebrettchen auf.

Piet und Jan tauschten einen Blick und Jan fragte: »Dürfen wir aufstehen? Wir haben noch Hausaufgaben.«

»Ich hatte meine Hausaufgaben früher immer vor dem Abendessen fertig«, sagte Gunter. »Das war bei uns so üblich.«

»Vielleicht hattet ihr weniger auf«, murmelte Jan. Die Jungen verließen das Zimmer.

»Ich fürchte, die Intelligenz haben die zwei nicht gerade mit Löffeln gefressen«, brummte der Vater und schob sich ein Stück Appenzeller in den Mund. »Nun ja. Schicksal.«

Was sollte das denn nun wieder? Nur nicht noch mehr reizen! Bettina verzichtete auf eine Antwort. Sie sähe wach aus, hatte die Frau im Zug gesagt. Wach. Und auch dieser Roberto Pascual hatte sich gerne mit ihr unterhalten. Sie beschloss, morgen in die Stadt zu fahren und in eine Buchhandlung zu gehen und nach der Entdeckung der Farbe Grün zu fragen.

»Anton Fischer? Nie gehört. Ich schaue mal. Moment.« Die junge Frau, die hinter der von Büchern umrahmten Kasse gestanden hatte, trat an einen Bildschirm, tippte ein paar Buchstaben in die Tastatur und sagte nach einer Minute stummen Starrens: »Wie sollte der Titel heißen? Die Entdeckung der Farbe Grün? Nein, ist nicht drin. Haben Sie zufällig die ISBN?«

ISBN! Bettina ging sonst nur in eine Buchhandlung, in der die Bücher vorn am Eingang in Stapeln lagen, von denen man ein Kochbuch oder einen Krimi einfach herunternehmen konnte. In diesen seriös aussehenden dunklen Laden mit den großen Bildbänden im

Schaufenster war sie eingetreten, weil ihr schon selbst ihr Wunsch ein bisschen ausgefallen vorkam. Mit einem resignierten »Danke für Ihre Mühe«, wollte sie das Geschäft verlassen, als ein junger Mann mit Pferdeschwanz auf sie zutrat.

»Kann ich etwas helfen?«

Sie erklärte ihm, wie sie auf Shapiros Farbe Grün gekommen war.

»Ah, ich verstehe. Wahrscheinlich ein Aufsatz. Da kann Ihnen vielleicht jemand in der LaBi weiterhelfen.«

»Klar, in der LaBi«, sagte sie. »ISBN in der LaBi. Und vorher lern ich noch schnell Chinesisch.«

Der junge Mann kicherte amüsiert. »Verzeihung. Das ist so unser Jargon. LaBi ist die Landesbibliothek.«

»Danke«, sagte sie. »Und nun stelle ich noch eine ganz, ganz simple Frage: Wo ist denn diese LaBi? Ich bin nämlich hier fremd.« Eine gute Entschuldigung, fand sie.

Er erklärte ihr, dass die Bibliothek zu Fuß zu erreichen sei, praktisch nur vier Ecken weiter, dann links in der Parallelstraße. An dem Platz hinter der Stephanskirche. Er trat mit ihr vor die Tür der Buchhandlung und wies ihr den Weg. »Es ist so ein großer rötlicher Kasten mit vielen quadratischen Fenstern!«

»Ah ja. Ich dachte, das ist die Polizei.«

»Richtig, sieht ein bisschen nach Knast aus. Hat der Ungers gebaut, der berühmte Wiener Architekt. Drinnen ist auch alles quadratisch, aber recht praktisch. Sie werden sich bestimmt zurechtfinden.«

Männer mit Pferdeschwanz sind meistens nett, fand Bettina. Lässig. Einfach nicht so machohaft, jedenfalls die jüngeren.

»Also, viel Glück mit Anton Fischer!« Er gab ihr einen leichten Klaps auf die Schulter. »Und falls mal wieder was ist: Ich bin der Max!« rief er ihr nach.

Mit klopfendem Herzen betrat Bettina den baumbestandenen Hof. Junge Leute hatten ihre Fahrräder an die Mauern und Pfeiler gelehnt und standen rauchend und gestikulierend in Gruppen zusammen oder saßen, trotz des kühlen Wetters, lesend auf den Bänken. Von hier aus wirkte das Gebäude nicht mehr so abweisend. Vielleicht lag das an dem schön proportionierten älteren Haus im Hintergrund, das der Hof mit einbezog. Sie ging durch eine Glastür links. Im Informationszentrum sah sie sich um, fand gleich die schwarzweißen Kästen mit dem alphabetischen Zettelkatalog und machte sich – zunächst planlos – daran zu schaffen. Sie wollte nicht auffallen, merkte aber bald, dass niemand von ihr Notiz nahm. Und dann fand sie tatsächlich den Namen Freund, Gisèle, in der Kartei, die Fotografin, die ihre Reisegefährtin erwähnt hatte. *Memoiren des Auges,* hieß eins der Bücher. Ein geheimnisvoller Titel. Wie kamen die Leute auf so etwas, und wie kam man an solch ein Buch? Sie entschloss sich nun doch, an der Infotheke zu fragen, gab sich wieder als ortsfremd aus, und man erklärte ihr das Buchbestellungssystem und wies sie auf die Bildschirme des Online-Katalogs für die Literatur ab 1987 hin. Mit einem gelben Faltblatt »für Einsteiger« setzte sie sich zunächst vor einen der Monitore, hatte dann aber das Gefühl, jemandem den Platz wegzunehmen, und versuchte mit dem Zettel in der Hand auf einer Bank im Hof herauszubekommen, wie die Titelfindung funktionierte. Dann hörte sie die Kirchturmuhr in der Nähe zwölf schlagen und sprang erschrocken auf. Sie musste die S-Bahn in fünf Minuten erreichen, um bis ein Uhr zu Hause zu sein. Gleich hatte sie das Mittagessen für die Zwillinge im Kopf: Linseneintopf aus der Dose, Speck und Zwiebeln anschmoren, Würstchen aus dem Glas vielleicht. Das Faltblatt mit der Beschreibung der Maus- und Tastenbedienung für die Titelsuche auf dem Monitor steckte sie in ihre Handtasche. Sie wusste zwar weiterhin nicht, was Anton Fischer über Shmuel Shapiros Grün dachte, hatte aber, fand sie, an diesem Vormittag mehr Neues ausprobiert als in den letzten fünf Jahren zusammen. Das Leben konnte manchmal noch richtig aufregend sein. Und es gab auch freundliche Menschen. Diesen Max zum Beispiel.

Am nächsten Tag, während die Zwillinge in der Schule waren, sah sich Bettina den Computer, der seit zwei Jahren im Arbeitszimmer der Söhne stand, zum ersten Mal etwas genauer an. Sie nahm zaghaft die Maus in die Hand.

Erstaunlich, dass die Jungen all diese Dinge so spielerisch beherrschten, von denen sie selbst keine Ahnung hatte. Aber was wusste sie überhaupt? Und was wusste sie von ihren Söhnen? Wie schnell die Jahre vergangen waren. Sie sah die beiden Babyköpfchen mit den hellblauen Mützen nebeneinander in dem breiten Kinderwagen vor sich. Eine Wonne. Und dann die Zeit, als die Jungen so zwischen fünf und zehn waren, wichtige Fragen stellten und noch alles glaubten, was man sagte. Gunter war selten zu Hause gewesen, und sie hatte die Kinder fast ganz für sich gehabt. Früh allerdings hatten die Zwillinge angefangen, sich aufeinander zu beziehen, standen in einem geheimnisvollen Einverständnis, das andere ausschloss, auch sie, die Mutter ... Seit der Pubertät lebten sie, eigentlich ohne größere Aufsässigkeit nach außen hin, in ihrer eigenen Welt.

Am Nachmittag ordnete Bettina Socken und T-Shirts in die Schrankfächer, während Piet am Computer saß. Sie sah ihm über die Schulter. »Kannst du mir mal ein bisschen erklären, wie das alles funktioniert?«

»Ach, Mami«, sagte er. »Ich bin mitten in einem komplizierten Programm.« Verwundert lächelnd blickte er zu ihr auf: »Wieso interessierst du dich plötzlich dafür? Du brauchst doch so was nicht mehr.«

Nicht mehr. Endgültig? Sie ging aus dem Zimmer, holte das gelbe Faltblatt aus ihrer Jackentasche und versuchte – am Küchentisch sitzend – sich einzuprägen, was die Begriffe »klicken«, »Fenster«, »markieren« und »trunkieren« bedeuteten, oder wie man »die Verbindung zum Server erneut aufbauen« konnte. Aber das war in der Theorie nicht möglich.

Das musste sie ausprobieren. Sie freute sich schon auf den kommenden Donnerstag, an dem sie wieder in die Stadt fahren und in die Bibliothek gehen würde.

Das tat sie von nun an fast regelmäßig. Sie bereitete am Vortag das Essen vor, besorgte morgens flüchtig den Haushalt und eilte – nicht stadtfein im Kostüm, sondern in Jeans und mit einem Lederbeutel über der Schulter – zum Bus, bekam am Hauptbahnhof Karlsruhe fast immer Anschluss zur S-Bahn. Schon bald fuhr sie dreimal wöchentlich, gelegentlich sogar viermal. Es wurde eine Art Sucht. Sie durfte nur nicht vergessen, zu Hause rechtzeitig die Tiefkühlkost aufzutauen, wenn sie nicht zum Einkaufen und Vorkochen gekommen war.

Als eine Bekannte bereits zum zweiten Mal mit ihr den Bus bestieg, ließ sie die Bemerkung fallen, dass sie zurzeit in der Stadt eine frühere Kollegin ein wenig betreue, die eine Operation hinter sich habe. Sie war nun sicher, dass auch andere Frauen im Dorf sich fortan nicht mehr über ihre häufigen Busfahrten wundern würden.

Anfänglich verbrachte sie meistens genau zweieinhalb Stunden in der Bibliothek, zunächst vor dem Bildschirmkatalog und dann in der Stille des Lesesaals. Sie war überrascht, wie übersichtlich die Nachschlagewerke und Zeitschriften angeordnet waren, wie leicht alles zu finden war, wenn man das Alphabet kannte und die ersten Hemmungen überwunden hatte. Sie versuchte zunächst, sich über Künstler mit bekannten Namen zu informieren, über Picasso zum Beispiel, über den sie neulich wohlweislich geschwiegen hatte, als Roberto Pascual ihn erwähnte, oder über Rembrandt. Große Bildbände lagen vor ihr auf dem Tisch. Sie staunte über die Porträts von alten Männern, die Rembrandt als ganz junger Mensch gezeichnet hatte, ergreifend, als wisse er schon alles über das Leben, über das Altwerden, über das sie selbst erst angefangen hatte nachzudenken, als ihre Blicke, eher zufällig, auf die langen Ohrläppchen, die fleckigen krummen Hände und den eingezogenen Mund ihrer Mutter gefallen waren. Von Picasso mochte sie zunächst nur die wunderschönen Frauenzeichnungen – wie der das fertig bekam, mit wenigen Strichen einen Körper erstehen zu lassen! – nicht die deformierten Menschen. Die weinende Frau, deren Gesicht man gleichzeitig im Profil und von vorn sehen konnte, fand sie unheimlich, bei längerer Betrachtung dann aber doch auch bewegend. Sie verstand jetzt, was Roberto Pascual damit gemeint hatte: das Heitere neben dem Grausamen.

Nach mehreren enttäuschenden Versuchen las sie selten die schwierigen Texte in den Katalogen, merkte sich nur die Daten, um sich ein wenig den geschichtlichen Verlauf der Kunstentstehung klar zu machen: Wer hatte von wem etwas gelernt – oder abgeguckt. Wer hatte etwas Neues erfunden.

Beim Betrachten der Bilder, auch in den Fotobänden, versuchte sie herauszufinden, warum ihr manche gefielen und andere nicht, fing an zu unterscheiden, immer öfter auch sich zu begeistern.

Pünktlich um elf Uhr fünfundvierzig verließ sie jedes Mal die Bibliothek, erledigte eilig ein paar Besorgungen, steckte die sauber beschriebenen Notizzettel zu den Einkäufen in ihrem Beutel und fuhr nach Hause. Für die Buchhandlung mit dem freundlichen Max hatte sie zunächst keine Zeit. Sie wollte ja auch keine Bücher kaufen. Wohin damit zu Hause? Sie wollte Bilder sehen! Sie wagte sich endlich in die Staatliche Kunsthalle. Das erste Mal ging sie völlig planlos durch Säle voll innig blickender Madonnen mit mehr oder weniger hässlichen Jesuskindern auf dem Schoß. Vor einzelnen Bildern blieb sie stehen und betrachtete sie lange, die Heilige Familie von Hans Baldung Grien zum Beispiel, das Jesuskind mit dem alten, wissenden Gesicht, den ernsten, beinahe brummigen lesenden Joseph und die liebreizende Mutter, jeder für sich in der Familie, gar nicht idyllisch. Sie lief durch Kabinette mit düsteren goldgerahmten Landschaften, fast nirgends Sonne, seltsam. Ging sie deshalb gleich auf die Bilder von Karl Blechen zu? Dort gab es Licht, Leuchten. Nun ja, ein Ort in Italien, las sie auf dem Schild. Sie kam auch durch Räume mit fesselnden Porträts von ernst blickenden Männern und Frauen in kostbaren Stoffen und Pelzen, mit wunderbar gemalter, fast atmender Haut der Wangen, Hälse, Hände. Sie versuchte, sich ihre Schicksale vorzustellen. Die Ehefrauen sahen meistens nicht glücklich aus, nicht einmal die schöne Marchesa Doria in ihrem überaus kostbaren Kleid. Mein Gott, wie herrlich dieser Rubens malen konnte. Bisher hatte sie mit ihm immer nur dicke nackte Frauenbäuche, -beine und -hintern assoziiert. Man müsste mehr darauf achten, w i e etwas gemalt war, weniger auf den Inhalt – die Mythen und Schlachten und all das.

Erst am Ausgang ließ sie sich einen Plan des Museums geben. Der zweite Besuch war noch aufregender.

Sie hielt sich zwei Stunden lang ausschließlich in der Orangerie, der Abteilung für Kunst des 20. Jahrhunderts auf. Manche Bilder fand sic langweilig oder sie mochte oder verstand sie nicht, von anderen war sie auf der Stelle berührt, merkte sich die Namen, Nicolas de Staël zum Beispiel, der die helle Schneelandschaft mit dem Weg gemalt hatte, der den Betrachter magisch zu dem tiefdunklen, unheimlichen Horizont zog. Das unterschiedliche Blau in diesem Bild, auch in dem Schnee. Sie nahm Infoblätter mit, die sie während der Heimfahrt las.

Auch die Kunsthalle hatte eine Bibliothek, stellte sie bei ihrem nächsten Besuch fest, die an drei Wochentagen für das Publikum zugänglich war. Dort gab es eine Überfülle an reichen Bildbänden. Ein ganzes Leben würde man brauchen, um sie auch nur durchzublättern. Und an jedem Blatt, jedem Bild hatte ein Künstler Tage, Wochen gezeichnet oder gemalt. Es war überwältigend, sich das vorzustellen. Wenn sie doch wenigstens einen winzigen Bruchteil von all der Schönheit in sich aufnehmen könnte!

Später kam ihr diese Zeit ihrer großen Entdeckungen als eine sehr glückliche vor. Mit Einschränkungen allerdings.

Eines Tages hatte Gunter den Shapiro-Katalog gefunden. »Kannst du mir mal verraten, wie dies Buch in deine Nachttischablage kommt?«

»Ich ... ach ... das hat mir Gabi geliehen.« Warum sagte sie nicht: Ich habe mir in Hannover eine Ausstellung angesehen. Weil sie ahnte, wie Gunter reagieren würde, wenn er erfuhr, dass sie die Reise nicht ausschließlich zum Wohle ihrer Mutter unternommen hatte.

»Welche Gabi?«

»Na, die Kunsterzieherin, die jetzt mit im Chor ist, die in der Stutenpferchstraße wohnt.«

»Und was willst du damit? Interessierst du dich neuerdings für die so genannte moderne Kunst?«

»Ich hab mir halt die Bilder angesehen. Ich fand sie eigentlich schön.«

»Schön!« Gunter zeigte auf den Adonai – Gott – anrufenden Juden, der sie so bewegt hatte. »Also, ich bitte dich! Erklär mir doch vielleicht mal, was an dieser Kritzelei schön sein soll!«

»Hast du etwas Bestimmtes in meiner Schublade gesucht?«

»Kopfschmerztabletten.«

Gunter kramte also in ihren Sachen. Sie musste noch vorsichtiger werden. Die Notizzettel behielt sie von jetzt an in den Gesäßtaschen ihrer Jeans, las sie immer wieder durch und vernichtete sie dann.

Nein, ein reines Glück war die Zeit damals nicht gewesen. Aber erregend. Und zu entdecken, dass sie keineswegs blöd war, sondern sich vieles merken und Zusammenhänge sehen konnte, und dazu das Gefühl, etwas ganz für sich zu haben, etwas, bei dem niemand ihr hereinreden konnte. Allerdings war es nicht einfach, in ihrem ordentlichen Einfamilienhaus irgendetwas zu verbergen. Den Shmuel Shapiro-Katalog bewahrte sie nach dem verhörartigen Gespräch im Seitenfach einer karierten Reisetasche auf, die bei den Koffern auf dem Dachboden stand, aber wegen des defekten Schlosses nicht mehr benutzt wurde. Alles Schöne spielte sich außerhalb des Hauses ab.

Und nun wieder eine Reise vom willensstarken Gunter zur widerwilligen Mutter. Als Bettina die Wohnungstür aufschloss, stand der Geruch wie eine Wand vor ihr. Dieser Geruch von altem Teppichboden, ein bisschen auch von altem Körper, von Urin, von Rheumabalsam und von abgestandenem Essen. Sauerstoffmangel. Alt. Alt sein. Nicht mehr lebendig sein. Furchtbar. War das ihre Mutter? Sie konnte sich kaum noch erinnern, wie die Mutter gerochen hatte, als Bettina ein Kind war. Jedenfalls nicht unangenehm. Und wenn die Mutter ausgegangen war, was nicht sehr häufig vorkam, ins Kino oder zu einer Freundin, hatte sie nach Lavendel geduftet. Yardley.

Bettina stand vor dem Spiegel aus gelblichem, mit geritztem Ornament verziertem Glas, über dem sich die Hutablage befand. Rechts ein Brett mit geschwungenen Messinghaken. Sie stellte ihre Tasche ab und hängte ihre Jacke auf.

»Mama?« Keine Antwort. Bettina öffnete die Wohnzimmertür. Die Mutter saß im Lehnstuhl vor dem Fernseher.

»Ach, du bist es. Erinnerst du dich auch einmal wieder an deine alte Mutter«, sagte sie, gleich wieder etwas aggressiv.

»Mama, ich habe dir doch am Telefon erklärt, dass ich erst heute kommen kann. Ich habe doch Piet und Jan ... und Gunter.«

»Ja, ja, Gunter. Die gleiche Sorte wie Leopold. Immer alles bestimmen«, murmelte die Mutter, korrigierte sich dann jedoch: »Aber sei froh, dass du so einen hast. Was Solides. Anders als so'n Jean Pierre. Sorgt für dich und das Kind.«

»Die Kinder, Mama. Es sind zwei.« Die Mutter schien heute etwas verwirrt zu sein. »Und ich habe nie einen Jean Pierre zur Auswahl gehabt.«

»Kannst du ja auch nicht. Das war ja ...« Die Mutter biss sich auf die Lippen, schwieg und sah aus dem Fenster.

»Hast du denn einen Jean Pierre gekannt?« fragte Bettina neugierig. Vielleicht kam endlich einmal ein richtiges Gespräch zustande, über ihre Jugend, von der die Tochter kaum etwas wusste – anstatt dieses ewigen Fernsehens, dieser abwesenden Blicke, dieser Nörgelei und ständigen Abwehr.

»Mama, erzähl mal! Kanntest du einen Jean Pierre?«

»Ach was«, sagte die Mutter und schaltete den Fernseher wieder ein. »Das ist bloß so 'n Name für Luftikus.«

Bettina resignierte. »Ich habe ein Hähnchen gekauft«, sagte sie. »Ist es dir recht, wenn ich jetzt ein Frikassee koche?«

»Ein Brot tut's doch auch. Ich esse abends immer kalt.«

»Mittags wohl auch des öfteren. Da ist es doch mal was Anderes, wenn wir zwei es uns schön machen, findest du nicht?«

»Hauptsache, du hast immer recht. Wie dein Vater.«

Bettina ging lachend hinaus. Neben dem Kochen konnte sie ein paar Küchenfächer aufräumen und die Waschmaschine laufen lassen. Und sie wollte den Tisch hübsch decken.

Sie stand vor der großen braunen Schrankwand im Schlafzimmer, um Servietten zu suchen. Himmel, was die Mutter alles aufbewahrte! Riesige altmodische Tischdecken, die nie mehr benutzt wurden. Hier noch ein Stapel Kopfkissenbezüge von Bettinas Kinderbett, mit Glückskäfermuster. Und diese langen Unterhosen, Feinripp, von Papa. Und die Kissen der Gartenstühle, die es nicht mehr gab, weil auch kein Garten mehr existierte. Der ganze Schrank bis zum vorderen Rand vollgepfropft, jeweils zwei Stapel hintereinander. Jetzt zog sie aus einem tieferen Fach ein Heizkissen mit defekter Schnur nach vorn. Dahinter lag eine große, sperrige Plastiktüte. Bettina sah hinein: die Beinprothese ihres verstorbenen Vaters! Und darunter eine grüne Laschenmappe. Bettina klappte sie auf: zwei kleine, flache Päckchen, in zerknittertes Pergamentpapier gewickelt, und ein verschlossener DIN-A4-Umschlag. Sie schob die Gummizwillen von der Verpackung des obersten Päckchens: ein blaues Schreibheft mit weißem Schild: Helga Falbusch Vokabeln Französisch. Sie schlug es auf. Die Seiten waren durch rote Senkrechtstriche geteilt, links standen französische Wörter, rechts die deutschen. Die Mutter hob also zu allem anderen auch noch ihre alten Schulhefte auf. Bettina wollte sie gerade auf die Plastiktüte mit dem Kunstbein legen, um nachher vorzuschlagen, einiges doch einmal auszusondern, da blätterte sich das Heft auf. Die nächsten Seiten waren dicht beschrieben. Unter der trüben Deckenbeleuchtung stehend, begann sie zu lesen:

3. September 1944: Zu meinem 14. Geburtstag vor drei Jahren hat mir Oma ein in rotes Leder gebundenes Buch geschenkt. »Tagebuch« stand darauf in schräger Goldschrift. Es hatte ein goldenes Schloß und es gab ein winziges Schlüsselchen dazu. Ich wußte eigentlich nicht, was ich da hineinschreiben sollte. Mein einziges »Geheimnis« bestand darin, daß ich wütend war über die ekligen Blutungen, die ich sechs Wochen vorher zum ersten Mal bekommen hatte, mit gewaltigen Bauchschmerzen noch dazu. Mutti hatte nur gesagt: »Das hängt damit zusammen, daß du später Kinder kriegen kannst.« Ziemlich mysteriös. Aber trotzdem gehörte es ja wohl nicht in ein Tagebuch mit Goldschloß. Eher vielleicht, daß auch ich für Wolf Albach-Retty, den Kino-Liebling der halben Klasse schwärmte, es aber nicht zugeben wollte, und daß ich die blauen Augen mit den schweren Lidern von Meierhoff, unserm Musiklehrer, schön fand. Der mußte dann bald an die Front. Armer Kerl ... Ich weiß übrigens gar nicht, wo dieses feine Tagebuch hingekommen ist. Ich glaube, ich habe es Christel geschenkt.
Und jetzt habe ich nun ein wirkliches Geheimnis, über das ich mit niemand sprechen kann. Mit niemand. Darum muß

ich schreiben. Ich nehme dafür dieses Vokabelheft, da kommt keiner drauf, wenn er es sieht, daß das ein Tagebuch sein könnte. Das mit dem Schloß damals hat ja noch extra neugierig gemacht. Vielleicht gab es die Dinger überhaupt nur, damit die Mütter heimlich mehr über ihre Töchter erfuhren. Wo Oma das bloß aufgetrieben hat zwei Jahre nach Kriegsanfang. Oma war immer groß im Organisieren.
Ich merke, daß ich um das Wichtige drum herum rede. Aber jetzt ist es so weit. Jetzt muß ich den Namen einfach einmal hinschreiben. JEAN PIERRE. Ich kriege dabei Herzklopfen und so ein Kribbeln im Bauch. JEAN PIERRE.
Als ich vorgestern Abend noch mal in den Garten ging, weil es in meiner Mansarde so heiß war, hörte ich vom Gewächshaus her eine ganz zarte Musik. Wir sagen immer noch Gewächshaus. Das war es einmal, sogar mit Orchideen drin. Jetzt ist es eigentlich nur noch eine Gemüse-Bruchbude. Ich machte die Tür auf. Ganz hinten, vor der gesprungenen Glasscheibe, stand unser Franzose und spielte Mundharmonika. Wir sollen ja eigentlich mit den Fremdarbeitern nicht viel sprechen. Aber Oma läßt ihn sogar mit uns essen, wenn Vati nicht da ist. Mutti hat nichts dagegen. Oma hat zwar auch etwas Dampf vor Vati, glaube ich, aber trotzdem einen eigenen Willen, so klein und verhutzelt sie aussieht. Sie sagt: Der Franzmann arbeitet wie wir. Das sind Menschen wie wir. Mutti ist ziemlich ängstlich, aber ganz still dabei, still und blaß mit ihrem ernsten Gesicht und den tiefen Schatten unter den Augen. Ich glaube, sie atmet immer etwas auf, wenn Vati wieder weg muß. Wenn er auch gerade dann eigentlich ganz fesch aussieht in seiner schwarzen SS-Uniform. Mir wäre so

einer als Mann allerdings zu zackig. Oft brüllt er Mutti an wegen nichts. Auf mich ist er stolz: »Mein blondes deutsches Mädel!« O Gott, wenn der wüßte!
Ich schloß also die knarrende Tür hinter mir und stand da und hörte zu. Jean Pierre schien mich nicht zu sehen. Er stand wie eine Silhouette vor dem hellen Abendhimmel und spielte eine sehnsüchtige Melodie. Schließlich setzte er ab und wendete sich in meine Richtung.
»Qui vive?« fragte er.
»Ich bin's, Helga«, antwortete ich leise. Er kam langsam auf mich zu und blieb dicht vor mir stehen.
»Die Musik war so schön«, sagte ich.
»Die Müsik, oui.« Er hob die Hand und strich mir einmal über die Stirn und über die Haare. »Elga.« Das klingt immer so goldig, wenn er meinen Namen nicht aussprechen kann. Dann drehte er sich um und ging wieder ans andere Ende des Gewächshauses. Er spielte die gleiche Melodie noch einmal. Ich stand da mit klopfendem Herzen. Er spielte sie für mich. Dann rief er leise: »Bonne nuit, Elga«, und ging zu der kleinen Pforte hinten hinaus und schloß sie von außen ab. Ich ging auf meiner Seite raus, durch den dämmrigen Garten zum Haus und mußte stundenlang an ihn denken.

4. September 1944: Heute habe ich Jean Pierre überhaupt nicht gesehen. Nach der Schule habe ich den Weg am Obstgarten vorbei genommen, ich dachte, er ist vielleicht bei der Apfelernte, aber er war nicht da. Beim Essen auch nicht. Ich habe natürlich nicht nach ihm gefragt. Oma erwähnte später eine Holzfuhre. Sie waren also wohl im Wald oder beim

Sägewerk. Abends gehen die Fremdarbeiter einzeln von ihren verschiedenen Arbeitsstellen zum Appell im Hof von Gebr. Lotze und dann geht's ab im Trupp in die Baracke bei der Alten Kaserne. Das sind ja keine Kriegsgefangenen, die sind »dienstverpflichtet«, natürlich zwangsweise. Aber sie haben es wenigstens besser als die Polen und Russen, glaube ich.

5. September 1944: In der Schule ödet mich alles an. Nur Französisch würde ich jetzt gern besser können. Schade, daß ich es erst vorletztes Jahr als Wahlfach genommen habe. Aber bei Schurigge lernt man ja sowieso nicht sprechen, immer bloß Grammatik, unregelmäßige Verben und diese blöde Lektüre. Wen interessiert denn das schon, »Tartarin de Tarascon«! Trotzdem, so weiß ich wenigstens, wie die Wörter geschrieben und ausgesprochen werden. Jean Pierre zum Beispiel. Jean Pierre.

6. September 1944: Vati ist da! Fronturlaub. Aber eine richtige Front ist das ja wohl nicht in Italien, mindestens nicht da, wo er herkommt, sie sind Besatzer. Er rennt in der Gärtnerei und auf dem Acker herum und teilt an Mutti und Oma und die Leute Befehle aus, meistens Sachen, die sie sowieso wissen und die sich von selbst verstehen. Im übrigen läßt er sich bedienen. Er hat einen riesigen italienischen Schinken mitgebracht, lecker, und zwei Kisten Grappa. Ich durfte kosten, scheußlicher Schnaps. Jean Pierre läßt sich natürlich im Haus nicht blicken, seit Vati da ist. Vati sagt, die Fremdarbeiter sind alle Drückeberger, die hätten doch das Paradies hier. Er hätte genug Dreck und Verwahrlosung ge-

sehen im Ausland. Dagegen geht's denen hier gold! Ich sage natürlich nichts, Oma und Mutti auch nicht, wir waren ja schließlich noch nicht im Ausland, außer einmal, 1935, in Österreich, das gehört ja aber jetzt auch zum Deutschen Reich.

7. September 1944: Oma hat gestern abend Grüne Klöße gemacht und Sauerbraten. Vati hat sich den Hauptteil reingeschaufelt und zu Mutti gesagt, an Omas Küche sollte sie sich mal ein Beispiel nehmen. Danach hat er ziemlich viel Grappa getrunken, die ganze Küche hat gestunken.
Nach der Schule heute bin ich am Wäldchen vorbei gelaufen, um zu gucken, ob Jean Pierre da vielleicht Holz macht. Er war aber nicht da. Vielleicht lässt Vati ja mal eine Bemerkung fallen, wo er ihn »eingesetzt« hat. Ich frage nichts und sage nichts.

8. September 1944: Und ich schreibe auch nichts. Was soll ich schon schreiben, wenn ich ihn nicht sehe!

»Bettina! Bettina!« Die Stimme der Mutter, heiser, aber relativ laut, kam vom Flur her. Bettina warf das Heft und die Mappe hinten ins Fach, schob hastig die Plastiktüte nach, wobei das Kunstbein etwas sperrte und der glatte gelbliche Fuß durch die Umhüllung stieß, stopfte gerade das Heizkissen davor, als die Mutter das Schlafzimmer betrat.

»Was machst du hier? Hast du wieder deinen Ordnungsrappel?«

»Nein, nein, Mama, ich habe nur eine Tischdecke und Servietten gesucht.«

»Die Papierservietten müssen im Küchenbüfett sein«, brummte die Mutter.

»Ich dachte, wir nehmen zur Feier des Tages mal Stoff?«

»Was für eine Feier?«

»Na, vielleicht, weil wir heute zusammen sind?«

»Ach«, sagte die Mutter unwirsch und schloss die Schranktür, »Stoffservietten, das macht doch nachher nur unnütze Arbeit mit dem Plätten.«

Ein paar Minuten lang, während Bettina die ersten Seiten des Tagebuchs gelesen hatte, war ihr die Mutter ganz nahe gewesen, nahe und unbekannt zugleich, wie einem manchmal Gestalten aus einem Film sein können. Man würde sie vielleicht aus Versehen ansprechen, träfe man die Schauspieler auf der Straße, voller Sympathie, irgendwie voraussetzend, dass auch sie einen kennen. Und nun stand diese unfreundliche alte Frau neben ihr und sagte: »Denk bloß nicht immer, du musst hier alles aufräumen. Dazu hast du noch genug Zeit, wenn ich tot bin. Ich komme auch ohne dich zurecht.«

»Nun mach doch nicht so ein Drama daraus, dass ich Servietten gesucht habe.«

Während des Abendessens kehrten Bettinas Gedanken immer wieder zu dem blauen Heft zurück. Mehrmals versuchte sie, das Gespräch auf die Jugend der Mutter zu bringen. Sie wusste, dass die Großeltern eine Gärtnerei in Thüringen gehabt hatten. Gunter hatte nach der

Wende, 1990, wiederholt gedrängt: Nun sprich doch mal mit deiner Mutter! Vielleicht ist doch da etwas zu holen mit Rückgabe oder Entschädigung! Schließlich bist du die einzige Erbin! – Die Mutter, damals geistig sehr viel beweglicher als heute, elf Jahre später, hatte Bettinas Fragen abgewehrt: »Ach was. Mein Vater war Nazi. Das ist alles futsch. Wahrscheinlich mit Recht.«

»Wann bist du eigentlich von zu Hause weggegangen, Mama?« fragte Bettina jetzt vorsichtig.

»Wie kommst du denn plötzlich darauf?«

»Ich weiß nicht. Ich dachte daran, wie früh ich bei euch ausgezogen bin, gleich nach dem Abi.«

»Freu dich man, dass du dann bald versorgt warst. Ich war siebzehn. Das war ein großer Kampf damals, bis man das alles geschafft hat.«

»Erzähl doch mal.«

»Das glaubst du nicht, wie stolz ich war, als ich Stationsschwester wurde, und dann Oberschwester«, fuhr die Mutter fort. »Als der Chefarzt persönlich ...«

»Ich weiß, Mama, das hast du schon öfters erzählt. Aber was war vorher?«

»Vorher? Da war Krieg.« Ihre Augen bekamen einen merkwürdigen Glanz, der gleich wieder erlosch. »Und die Nachkriegszeit, die war viel schlimmer. Tja, wir hatten es nicht so gut wir ihr. Da gibt's nichts zu erzählen.«

Die Mutter kratzte die Reste des Frikassees auf dem Teller zusammen, wieder und immer wieder, zu einem winzigen Häuflein, und schwieg. Schwieg weiter, beharrlich. Bettina räumte den Tisch ab, und die Mutter schaltete den Fernseher ein.

Während Bettina Geschirr abspülte, dachte sie an das blaue Heft. Sie wollte es unbedingt zu Ende lesen, nicht nur aus Neugier. Sie wollte die Mauer durchbrechen, sie wollte der Mutter näher kommen. Ob sie überhaupt noch wusste, dass die Hefte dort unten im Schrank lagen? Warum noch heute diese Heimlichkeiten? Gut, sie hatte ihre Jugendandenken vor ihrem Mann versteckt, um nicht zur Rede gestellt oder lächerlich gemacht zu werden. Von Leopold, Bettinas Vater, was Solidem. Wie Gunter. Das war normal. Aber vorher hatte die Mutter diesen Jean Pierre gekannt ...

Bettina stellte die Bestecke in den Korb, ließ den Kochtopf im Spülwasser stehen und trocknete sich die Hände ab. Durch die Milchglastür des Wohnzimmers sah sie den Fernseher flimmern. Leise ging sie ins Schlafzimmer. Ohne Licht zu machen öffnete sie den Schrank, bückte sich, zog das Heizkissen heraus, schob ihre Hand unter das Bein in der Plastiktüte, ergriff die Mappe und holte das obere der kleinen Päckchen heraus, nicht gleich beide, das schien ihr zu riskant, drückte Mappe und Heizkissen auf ihren Platz und schloss den Schrank. Auf dem Flur ließ sie das Heft in ihre Reisetasche gleiten. Sie würde es heute Nacht lesen und morgen heimlich zurücklegen.

10. September 1944: Heute Mittag habe ich Jean Pierre entdeckt und beim Umgraben beobachtet, von weitem, er war ganz hinten, wo der Streifen Hafer abgeerntet ist. Er stach den großen Spaten wie nach einem Rhythmus in die Erde. Ein paar Mal hat er sich aufgerichtet, um sich den Schweiß von der Stirn zu wischen. Ich sah aber immer nur seinen Rücken, das Hemd hatte große dunkle Flecken vom Schweiß. Nach einer Weile hat er es sich über den Kopf gezogen. Er ist ziemlich braun gebrannt und muskulös. Ich habe mich nicht getraut hinzugehen, man kann vom Haus aus fast das ganze Gelände überblicken.

12. September 1944: Gestern Abend hat Vati wieder zu viel Grappa getrunken. Ich hörte dann seine schweren Schritte im Schlafzimmer und wie Mutti gerufen hat: »Nein! Nein! Bitte nicht!« Er hat was gebrüllt, und dann wieder Gepolter und langes Knarren vom Bett. Nach einer Weile Türenschlagen und Kotzgeräusche und Klospülung und wieder Türenschlagen und Gepolter. Ich stelle es mir nicht schön vor, verheiratet zu sein. Außer vielleicht ... Aber das ist ja vollkommen ausgeschlossen.

13. September 1944: Übermorgen läuft Vatis Urlaub ab. Gott sei Dank! Eigentlich müßte ich mich schämen, so etwas hinzuschreiben. Schließlich ist er mein Vater. Aber er muß ja nicht richtig an die Front, die Deutschen sind da Besatzer in Italien, sagt er. Ganz kapiere ich das nicht. Die Italiener wären Schlappschwänze und hätten uns verraten. Als er halb betrunken war, hat er von den Italienerinnen erzählt. Wenn man mal ran gewollt hätte an so eine, dann hätten sie gekreischt: »Attentione! Marmelata!«, wegen der geschminkten

Lippen. »Wenn du so angemalt rumlaufen würdest«, sagte er zu mir, »dann würde ich dich totschlagen.«
Übermorgen! Übermorgen! Übermorgen!

15. *September 1944: Heute früh haben wir Vati zum Bahnhof gebracht, Mutti und ich. Er hat gesagt: Bleib sauber, Mädel! Wir haben ihn umarmt und mit den Taschentüchern gewinkt und uns geschnäuzt und noch mal gewinkt. Dann mußte ich zur Schule. Schule! Die ganze Zeit dachte ich nur an Jean Pierre und ob er heute Mittag wieder zum Essen kommt und daß ich mir nichts anmerken lassen will. Es gab Omas berühmte Blumenkohlsuppe mit Fleischklößchen, in denen sogar erstaunlich viel Fleisch drin war. Wie sie das bloß immer schafft, daß wir fast alles haben, beinahe wie im Frieden. Na, bei einer Gärtnerei kann man natürlich einiges abzweigen zum Tauschen, trotz der Lieferungen für die SS-Kaserne, die wir machen müssen. So ein Metzger will ja auch nicht immer bloß Leberwurst essen und hat mal Appetit auf ein paar Tomaten oder einen Zwetschgenkuchen, sagt Oma ... Wir saßen also schweigend um den Tisch und ließen es uns schmecken, Oma, Mutti und ich. Plötzlich stand Jean Pierre in der Tür und klopfte nachträglich an den Rahmen und sagte: »Pardon, Mesdames.« Ich dachte, mir bleibt das Herz stehen. Ich bin bestimmt knallrot geworden. Oma ist gleich aufgesprungen und hat den Suppentopf geholt und Mutti hat Jean Pierre bedeutet, er könnte wieder mit uns essen. Er hat mich überhaupt nicht angeguckt und hat »danke« gesagt und hat sich hingesetzt. Wir haben alle kaum ein Wort gesprochen. Beim Aufstehen hat er »Merci, Mesdames«, gesagt und mir einen*

kurzen freundlichen Blick zugeworfen. Oder war er mehr spöttisch? Oder wollte er ans Gewächshaus erinnern?
Nach dem Essen bin ich rauf in mein Zimmer und habe mich erst mal aufs Bett gelegt, und jetzt schreibe ich alles auf. Ich habe mir überlegt, daß es vielleicht besser ist, wenn ich gar nicht rausgehe und ihn suche. Seitdem er meine Stirn und meine Haare gestreichelt hat (Gott sei Dank waren sie frisch gewaschen!) kann ich, glaube ich, einfach nicht mehr so mit ihm reden wie früher, ein Späßchen machen, ein neues französisches Wort lernen, ein bißchen lachen über seine komische deutsche Aussprache.

15. September 1944, abends: Ich habe wieder die Musik gehört, als ich noch mal durch den Garten ging, bin aber nicht ins Gewächshaus. Ich habe die Tür einen Spalt aufgemacht und mich draußen auf den Deckel der Regentonne gesetzt und habe zugehört. Zuerst war es das Lied vom Soldaten am Wolgastrand und dann etwas Klassisches, ich glaube, die Träumerei von Schumann. Ich habe gar nicht gewußt, daß man solche Sachen auf der Mundharmonika spielen kann. Er ist ein richtiger Künstler. Als Jean Pierre dann hinten zur Pforte raus ist, habe ich noch eine Weile da gesessen im Halbdunkeln. Ich mußte weinen. Bestimmt hat er Heimweh. Er tut mir so leid!

16. September 1944: Heute war er nicht da, nicht beim Essen und nicht im Gewächshaus. Ich habe mir jetzt einige französische Vokabeln aus dem Lexikon herausgesucht und stelle mir Sätze zusammen, die nicht bei »Tartarin de

Tarascon« vorkommen. So ist der Tag nicht ganz verloren gewesen.

17. September 1944: Mittags spreche ich kaum noch mit ihm, nur »bon appetit« und »merci« und »s'il vous plaît«, und versuche ihn nicht anzugucken. Aber ich sehe seine kräftigen braunen Hände, manchmal mit einem kleinen Dreckrand unter den Nägeln, und ich rieche seine verschwitzte Jacke, es ist aber kein unangenehmer Geruch komischerweise.

18. September 1944: Gestern Abend hat es geregnet. Jean Pierre hat gespielt, aber ich konnte kaum etwas hören, obwohl ich wieder die Tür etwas aufgemacht hatte. Der Regen rauschte zu laut in den Blättern. Als ich schon ziemlich naß war, bin ich zurück ins Haus. Aber bald kann ich es nicht mehr aushalten. Ich muß ihm sagen, wie schön er spielt und daß er nicht traurig sein soll.

19. September 1944: Heute war ich mutig. Beim Essen habe ich zu Oma und Mutti gesagt: »Entschuldigt, ich muß Jean Pierre jetzt mal was auf Französisch fragen wegen der Schule.« Und dann habe ich ihm ins Gesicht gesehen und habe gesagt: »J'ai écouté votre musique hier soir. C'était si belle et si triste.« Er hat überrascht gelächelt und gefragt, wo ich denn gestern gewesen sei, als er spielte. Und ich, flott: »Au dehors.« Draußen. »Dans la pluie?« Im Regen? »Mais pourquoi?« Da bin ich, glaube ich, rot geworden und hab gesagt: »Je ne sais pas.« Aber eigentlich weiß ich ja, warum ich nicht ins Gewächshaus gegangen bin. Weil ich möchte, daß er mir wieder über die Stirn streicht und über die Haare und weil ich trotzdem Angst davor habe. Oma hat dann noch mal Suppe ausgeschöpft und Mutti hat gesagt: »Nutz es man ruhig aus, Helga, und üb ein bißchen sprechen mit Jean Pierre. Vielleicht kriegst du dann deine Drei in Französisch weg vom Zeugnis.« Und Jean Pierre hat mich noch einmal nachdenklich angeguckt. Ich habe aber nichts mehr sagen können.

20. September 1944, 22 Uhr: O Gott, ich bin ja noch so aufgeregt. Als ich vorhin wieder die Tür zum Gewächshaus einen Spalt aufgemacht habe, hat Jean Pierre aufgehört zu spielen. Er kam den Mittelgang runter und hat die Tür einladend geöffnet und hat gesagt: »Komm 'erein, Elga.« Er hat mich an der Hand nach hinten geführt, hat mir einen Holzschemel hingeschoben und hat angefangen zu spielen. Es war wieder etwas Melancholisches. Ich habe ihn immer nur angesehen, d.h. eigentlich konnte ich nur seine Umrisse erkennen. Draußen war es schon dämmrig und im Gewächshaus ist ja vorsichtshalber der Strom abgeschaltet, das wäre ja eine erstklassige Zielscheibe für feindliche Flieger, wenn da einer aus Versehen Licht machte ohne Verdunklung ... Ich hätte Jean Pierre zu gern mal richtig in Ruhe angeguckt, wenn niemand dabei ist und er ganz versunken ist. Als er fertig war, hat er sich ans Fenster gelehnt und gesagt: »C'était: Il pleut sur la route«, und hat die ersten Zeilen gesungen mit ganz sanfter tiefer Stimme. »Er weint auf der Straße?« habe ich ziemlich doof gefragt. Da hat er kopfschüttelnd in sich hineingelacht. »Mais, Elga, nischt: pleure, infinitiv pleurer, weinen! Il pleut, infinitiv pleuvoir, regnen! Es regnet auf der Straße!« Da mußte ich auch lachen. »La leçon est finie«, hat er plötzlich gesagt. »Jetzt isch muß auf die route. Mais jamais pleurer, Elga!« Und ist ganz schnell zu seiner kleinen Pforte hinausgegangen. Jamais pleurer! Niemals weinen! Hoffentlich gelingt mir das!

21. September 1944: Heute Abend war ich wieder bei ihm. Er hatte ein frisches Hemd an und hat was von Beethoven gespielt, er sagt, das ist eigentlich für Violine, Romanze F-Dur. Morgen ist Sonntag, das wird ein ganzer Tag Sehnsucht, denn sonntags bleiben die Fremdarbeiter in den Baracken.

23. September 1944: Mittags kein Jean Pierre. Am Abend war ich vor ihm da, es war schon ein bißchen dämmrig. Er kam hinten durch die kleine Tür und zog sein Hemd aus und hat sich am Ausguß unter dem kalten Wasserhahn den Oberkörper gewaschen und hat sich dann unter den Armen und auf der Brust abgerubbelt. Erst als er sein Hemd wieder übergezogen hatte, habe ich mich bemerkbar gemacht. Ich bin durch den Gang auf ihn zugegangen und er hat mich dabei angesehen. Als ich dicht vor ihm stehen geblieben bin, hat er sich rasch nach seiner Jacke gebückt und hat die Mundharmonika herausgezogen. Ich habe gesagt, er soll mir mal zeigen, wie das geht. Er hat ein paar Töne in die viereckigen Löcher gehaucht und dann eingeatmet, und es war der Anfang einer Melodie. Dann hat er »den harmonica« – in Französisch ist das Wort nämlich masculin – abgewischt und mir gegeben. Ich habe auch versucht zu pusten und hochzuziehen, aber es kam nur ein quietschendes Fauchen heraus. Wir haben beide gelacht und ich habe ihm das Ding zurückgegeben und er hat mich angesehen und hat es nicht abgewischt und hat angefangen zu spielen. Ich saß wieder auf dem Schemel und er stand am Fenster. Ich habe dann gefragt, wie das Lied heißt. »Je suis seul ce soir avec mes rêves«, hat er mit seiner dunklen Stimme gesungen – ich bin heute Abend allein mit meinen Träumen. Er will mir morgen den ganzen Text übersetzen. Er mußte plötzlich sehr schnell weg, die Fremdarbeiter haben ja um acht Uhr Appell bei Gebr. Lotze.

24. September 1944: Ich habe gestern Abend lange vor dem Spiegel gestanden und fand mich ziemlich doof. Dann habe ich mir eine neue Frisur ausprobiert. Alle Haare hinter die Ohren, und nach vorn nur ein kleiner schräger Pony. In der Klasse heute waren alle baff, ich sähe aus wie La Jana. Oma hat nur gesagt: Was soll das denn? Spielst du jetzt erwachsen? Und Mutti hat traurig lächelnd den Kopf geschüttelt. Als Jean Pierre in die Küche kam, hat er gestutzt, und als er am Tisch saß, hat er mich nachdenklich angeguckt, irgendwie anders als sonst. Er hat das ganze Essen über nicht mit mir gesprochen, mich nur ab und zu angesehen, ernst, wie eine Fremde. Mal hören, ob er heute Abend etwas sagt.
Abends: Er war nicht im Gewächshaus.

25. September 1944: J. P. mittags nicht beim Essen. Abends: Was mache ich bloß? O Gott, was mache ich bloß?
... Ich muß alles sofort aufschreiben. Wort für Wort. Für immer.

Die Tür ging auf und die Mutter stand im Zimmer. Bettina konnte das Heft gerade noch unter der Bettdecke verschwinden lassen.

»Wieso hast du denn noch Licht?«

Bettina kam sich vor wie ein ertapptes Schulmädchen. Sie war noch ganz in der beginnenden Liebesgeschichte gefangen, mochte diese Helga, mochte die lebendige Art, wie sie schrieb, bangte mit ihr, ob der Franzose ihre Liebe erwiderte ... Und da stand die Frau, die einmal dieses Mädchen gewesen war, in der Wohnzimmertür, mit wirrem grauen Haar, in einem geblümten Flanellnachthemd, das die weißen geäderten Schienbeine nur zur Hälfte bedeckte, und blickte streng ihre Tochter auf dem Couchlager an, streng und doch ein wenig hilflos. Bettina überlegte, ob das Butterbrotpapier, in dem das Heft eingewickelt gewesen war, zu sichtbar auf dem Fußboden lag, griff nach dem Fernsehprogramm auf dem Couchtisch und ließ es darüber gleiten.

»Ich konnte nicht schlafen«, murmelte sie entschuldigend.

»Ich auch nicht«, sagte die Mutter. »Das ist bei mir jede Nacht das Gleiche.« Sie seufzte. »Nun mach aber das Licht aus.«

»Früher hättest du noch angedroht: Du verdirbst dir die Augen, Kind!«

»Ja? Das hat meine Mutti auch immer gesagt.« Die Mutter lächelte und sah dabei für einen Augenblick verjüngt aus, gelöst. Dann wendete sie sich ab und sagte: »Gute Nacht.«

Sie schloss die Tür. Bettina atmete auf. Sie löschte die Stehlampe und dachte nach. Schlimm wäre es gewesen, wenn die Mutter entdeckt hätte, was sie da heimlich las. Nie mehr hätte sie Bettina vertraut. Und es war ja auch eine unerhörte Indiskretion. Aber sie wollte das Tagebuch unbedingt zu Ende lesen, ihre Mutter kennenlernen, sie besser verstehen. Doch war es zu gefährlich, jetzt noch einmal Licht zu machen. – Ich muss das Heft zunächst einmal wieder einpacken und morgen in einem unbewachten Augenblick an seinen alten Platz legen. Morgen. Das wird wieder ein anstrengender Tag werden. Mit Mama zum Augenarzt und dann möglichst gleich zum Optiker, um die Gläser zu bestellen und – hoffentlich – ein neues Brillengestell auszusuchen, falls sie nicht auf dem zwanzig Jahre alten besteht. Sie könnte doch mit einer modernen Brille so viel besser aussehen! Bettina wünschte sich, dass die Mutter einen Schimmer ihres früheren Wesens annähme. Seit wann war sie so ablehnend gegen alles Neue geworden, gegen alles, was das Leben ein bisschen erfreulicher macht? Bettina versuchte, sich an ihre eigene Kindheit zu erinnern, an den Vater, Leopapa, wie sie ihn genannt hatte, mit seinem faltigen Gesicht und seinem kahlen Schädel. Mit leichtem Schauder hatte Bettina gelegentlich zugesehen, wie er seine Beinprothese am Schenkelstumpf anlegte. Er war 1940 im Frankreichfeldzug verwundet worden, als fünfundzwanzigjähriger Feldwebel, war Berufssoldat gewesen bei der Wehrmacht und hatte viel später einen Schreibstubenjob bei der Bundeswehr gehabt. Ab Mitte der siebziger Jahre war er dann in Rente, saß auf der Eckbank in der Küche, las die Bildzeitung und brummte über die laute Popmusik im Radio und später über Bettinas Haarschnitt und über ihre Turnschuhe, und noch später über ihre Ausflüge in die Welt der Diskos ... Ob die Eltern sich jemals geliebt hatten? Warum hatten sie überhaupt geheiratet? 1962, da war die Mutter immerhin schon fünfunddreißig, der Vater siebenundvierzig Jahre alt gewesen. Die Mutter war doch angeblich so gern in ihrem Beruf gewesen, Oberschwester zuletzt – »Als der Chefarzt persönlich ...« – Wie oft hatte Bettina diese Geschichten gehört. Das musste Mamas Glanzzeit gewesen sein. Doch hatte sie ihren Beruf aufgegeben, um ganz für diesen Leo und für ihr Kind da zu sein ... Während ihr die Mutter als junges Mädchen durch das Tagebuch ganz deutlich vor Augen stand, ihr vertraut war, konnte sich Bettina ihre Eltern nicht als Liebende vorstellen. – Vielleicht ist es aber einfach immer schwierig, wenn nicht sogar äußerst peinlich, sich die eigenen Eltern verliebt zu denken, überlegte sie. Die Zwillinge würden bei einer solchen Vorstellung wohl auch nur amüsiert die Köpfe schütteln und sich vielsagend anblicken. Wirke ich denn schon so alt? Ich sollte mir wohl nichts vormachen. Na, und wenn man Gunter so sieht ... Übergangslos dachte sie an Roberto Pascual. Sie musste übermorgen unbedingt rechtzeitig wegkommen, um noch genügend Zeit für die Galerie zu haben. Diesmal würde sie weniger befangen sein. Kunst war aufregend. Je mehr man darüber erfuhr, umso mehr konnte man sich begeistern, fand sie. Sie wollte Roberto Pascual vieles fragen. Ob er sie überhaupt gleich wiedererkennen würde? Schließlich hatten sie sich ja kaum eine Stunde lang unterhalten, vor über zwei Monaten, und er lernte sicher täglich viele weit interessantere Leute kennen. – Doch, er wird sich erinnern. Sie lächelte im Dunkeln. Ich bin wohl schon von Mamas Tagebuch angesteckt ... Übrigens hat es eigentlich keinen Sinn, es morgen früh in den Schrank zurückzulegen, ohne es fertig gelesen zu haben. Die Indiskretion ist ja nun sowieso nicht mehr rückgängig zu machen. Wie mag die Geschichte ausgegangen sein? Irgendwie schlecht jedenfalls. Vielleicht hängt Mamas herbe, ja, beinahe lebensfeindliche Art später mit einer schlimmen Enttäuschung in ihrer Jugend zusammen? –

Die Straßenbeleuchtung gab einen schwachen Schein durch die dünnen Gardinen. Bettina schob das Heft unter ihre Pyjamajacke und stand auf. Die Tür zum Schlafzimmer war nur angelehnt. Sie hörte die gleichmäßigen Atemzüge der Mutter, die ab und an durch ein kleines Aufschnarchen unterbrochen wurden. Sie trat leise ein. Die Mutter lag auf dem Rücken, den Kopf etwas zur Seite geneigt. Bettina beugte sich über sie, streichelte ihre Stirn und küsste sie auf die Schläfe. Die Mutter bewegte sich, lächelte im Schlaf und atmete dann gleichmäßig weiter. Bettina verließ das Zimmer. Erst im Bad schaltete sie das Licht ein, schloss die Tür ab, setzte sich auf den mit gestreiftem Frottee bezogenen Klodeckel, blätterte und las weiter:

... Ich muß alles sofort aufschreiben, Wort für Wort. Für immer. Ich habe Jean Pierre vorhin abgepaßt auf »seiner« Seite vom Gewächshaus. Es war noch nicht ganz dunkel, und er kam gerade heraus und wollte anscheinend weggehen. Ich habe lässig, fand ich, gesagt: »Heute Abend kein Konzert?« Da hat er die Tür wieder aufgeschlossen und wir sind beide hinein. Er hat aber nicht seine Mundharmonika aus der Jacke geholt, sondern den Schemel für mich herangezogen und hat sich mir gegenüber auf eine Kiste gesetzt. Mir hat wie verrückt das Herz geklopft. Dann hat er gesagt: »Keine Müsik mehr, Elga.« »Aber warum?« »C'est trop dangereux.« »Wieso gefährlich? Mein Vater ist doch nicht mehr da, und ich habe keine Angst«, habe ich gesagt. »Zu gefährlisch. Für disch.« Ich glaubte zu verstehen. Ich war zu aufdringlich gewesen. Er hatte Angst, daß ich mich in ihn verliebe. Und das wollte er nicht. »Und für misch«, sagte er dann. Es stieg ganz heiß in mir hoch. »Deutsche Frau und Zwangsarbeiter Feinde. Verboten.« »Hast du Angst vor der Gestapo?« »Oui.« »Aber du redest doch auch mit Mutti und mit Oma. Und ... ich bin doch noch gar keine Frau, Jean Pierre.« Da hat er meinen Kopf zwischen seine Hände genommen und hat gesagt: »Mais ... à peu près«, aber beinahe, und hat mich ganz leicht auf den Mund geküßt. Ich saß da wie gelähmt, und er ist ganz schnell aufgestanden und hat die Tür hinter sich zugemacht ... Ja, ich bin eine Frau! Nicht nur beinahe! Mich hat zum ersten Mal ein Mann geküßt. Ich liebe ihn! Ich liebe ihn!

26. September 1944: Jean Pierre! Kein Jean Pierre. Mittags nicht. Nicht am Abend.

27. September 1944: Es gibt nichts zu schreiben. Er ist wie vom Erdboden verschluckt.

28. September 1944: In Französisch hat mich der Schurigge heute zweimal aufgerufen und mir dann einen Fünfer eingetragen, weil ich beide Male nicht wußte, an welcher Stelle im Text wir waren. Bei jedem Satz waren meine Gedanken abgeirrt, ob ich ein Wort daraus gebrauchen könnte für das, was ich Jean Pierre sagen möchte. – Mittags meinte Oma zu Mutti: »Was der Franzmann bloß hat. Er kann nichts essen seit drei Tagen, hat er gesagt.« »Hoffentlich nichts Ansteckendes«, hat Mutti geantwortet, ängstlich wie immer. »Das könnten wir uns jetzt nicht leisten, so eine Darmgrippe.« Er hat sich also vom Essen abgemeldet. Er will mich nicht mehr sehen. Überhaupt nicht mehr, nicht mal mittags. Was habe ich bloß falsch gemacht? War ich doch zu aufdringlich? Falls ich ihn je wiedersehen sollte, werde ich eiskalt zu ihm sein.

29. September 1944: Heute Mittag hat sich Mutti für ihre Verhältnisse richtig aufgeregt. Es gab Sauerkraut und Kartoffelbrei und Haschee. Ich konnte nichts runterkriegen. »Oma kocht das schöne Essen, jetzt mitten im Krieg, und du sitzt da und ziehst einen Flunsch«, sagte sie. »Wieso mitten im Krieg?« habe ich gefragt. »Vati sagt doch, der Endsieg steht dicht bevor.« Da hat mich Mutti mit ihren großen Augen ernst angeguckt und hat gesagt: »Helga, was ist bloß mit dir los? Bist du etwa krank?« Ich hätte am liebsten gebrüllt: »Ja, ja, ja! Vielleicht die selbe Krankheit wie Jean Pierre! Liebe!«

Aber ich habe nur gesagt: »Weiß ich nicht«, und bin rausgegangen.

30. September 1944: Mein Leben hat einfach keinen Inhalt mehr. Was soll ich in der blöden Schule. In eineinhalb Jahren Abi machen, um später Medizin zu studieren, so ein Stuß! Dieser ganze Krieg ist eine einzige Sch...

1. Oktober 1944: So ein Glück!! Fliegeralarm am Tage!! Das hat es bisher erst drei Mal gegeben. Auf meinem Rückweg von der Schule ging schon die Voralarm-Sirene, das haben wir ja öfter, aber dann zehn Minuten später voll! Wir mußten alle in den Keller und saßen mit den zwei Helferinnen und denen von nebenan, jede mit ihrem Notkoffer, ich mit meiner Schultasche noch dazu, auf den Gartenbänken und Eisenbetten, die im so genannten Luftschutzraum für den Fall von nächtlichem Daueralarm dort aufgestellt sind. Da kam als letzter Jean Pierre herein, ziemlich verschwitzt und dreckig, und ist bei der Tür stehen geblieben. Mir hat das Herz geschlagen wie wild, aber ich habe gleich wieder weggeguckt und ein Schulbuch herausgezogen und habe getan, als ob ich lese. Als das Brummen der Flieger lauter wurde und schließlich direkt über uns war, haben alle, meist mit offenen Mündern, an die Decke geglotzt. Da habe ich mal rasch einen Blick auf Jean Pierre geworfen, und er guckte auch zu mir hin und wir haben uns sekundenlang in die Augen gesehen. Ich glaube, ich wurde rot. Da hat er ein ganz bißchen gelächelt, zärtlich, nur einen Augenblick, und dann die Augen zugemacht und tief geatmet. O Gott, wie ich diese hellblauen Augen mit den dunklen Wimpern liebe! Aber mit geschlossenen Augen sah er fast noch schöner aus. Als das gleichmäßige Brummen der Flieger wieder leiser wurde, haben alle gleichzeitig erleichtert losgeredet und sind aufgestanden, und Oma hat Äpfel verteilt aus ihrer alten schwarzen Tasche. Jean Pierre hat seinen Apfel ganz langsam abgebissen und gekaut und mich dabei mehrmals angesehen. Nach einer Viertelstunde kam dann Entwarnung, und er ist als erster raus. Nun bin ich mal gespannt, ob er wenigstens wieder zum Essen kommt.

2. Oktober 1944: Nichts. Rien.

3. Oktober 1944: Es gibt nichts Neues. Sehnsucht, aber die ist ja nicht neu.

4. Oktober 1944: Ich weiß doch, daß er mich liebt. Wie er neulich im Keller die Augen geschlossen hat, das war, als könnte er es nicht mehr länger aushalten, mich anzusehen.

5. Oktober 1944: Für morgen kann ich gleich mit hinschreiben: Nichts. Morgen ist Sonntag.

7. Oktober 1944: Oma hat gesagt, der Franzmann bringt sich jetzt seinen Fraß in einem Henkelmann von der Unterkunft mit. Die hätten Befehl, keine deutschen Häuser mehr zu betreten. In L. hätte sich ein deutsches Mädchen mit einem Polen eingelassen, der kriegt Todesstrafe, sagt Oma. Mein Gott! Mit den Zwangsarbeitern aus dem Osten sind die sowieso viel, viel strenger, die dürfen nur in Gruppen zur Arbeit, und was

für Arbeit! Elf Stunden im Kohle-Tagebau, und danach im Gleichschritt zurück ins Lager. Aber Todesstrafe! Das wären Untermenschen, heißt es. Die da oben, die Obermenschen, sind doch plemplem!

8. Oktober 1944: Er liebt mich und ich liebe ihn! Diesen Tag werde ich nie, nie vergessen! Ich müßte nichts aufschreiben, jede Einzelheit wird mir für immer im Gedächtnis bleiben. Aber ich muß mir alles noch einmal wiederholen, es noch einmal erleben. Es war so schön, es war wie ein Wunder! – Verrückt, daß einem nur so banale Worte dazu einfallen!
Also: Als ich aus der Schule kam, lag ein riesiger Kohlenberg vor unserm Haus auf dem Bürgersteig, bis zum Fahrdamm hin, und Oma stand daneben. Sie sagte: »Wir haben schon eine Fuhre für den halben Winter gekriegt. Es muß ein Irrtum sein. Aber hier ist der Lieferschein: 20 Zentner Koks, 10 Zentner Briketts. Falbusch, Zulieferbetrieb für SS-Großküche. Und ein Zettel drangeheftet: Sonderzuteilung, Unterschrift ... kann ich nicht lesen, Untersturmführer.« »Oma, das heißt Witter, glaube ich. Das ist doch ein Kumpel von Vati aus der SS-Skatrunde.« »Dann bloß rasch in den Keller damit. Ich passe auf, daß keiner was klaut. Mutti ist noch auf der Rechnungsstelle. Hol den Franzmann vom Acker, der ist bei den Rüben.«
Ich bin zum Rübenacker gerannt und habe gebrüllt: »Jean Pierre! Jean Pierre!« Gott, war ich froh, daß ich den Namen endlich mal laut rufen konnte! Und hab mit den Armen gewinkt. Da hat er hochgeguckt und ist auf mich zugelaufen, und wir standen uns ganz dicht gegenüber. »Quoi de neuf?«

hat er gefragt, und ob der Krieg aus sei. »Das wär zu schön um wahr zu sein«, habe ich gesagt. »Ja, zu schön«, hat er geantwortet und hat mich ganz rasch auf den Mund geküßt, und ich habe ihm stotternd erklärt, daß er Kohlen schaufeln müßte. Er ist losgelaufen. Ich bin im Haus gleich nach oben und habe meinen alten Trainingsanzug angezogen, obwohl der mir jetzt eigentlich zu knapp ist – Kleiderzuteilung von 1942. Oma hatte schon drei große Körbe und zwei Schaufeln geholt und angefangen zu schippen. Jean Pierre nahm ihr die Schaufel weg, er wollte alles allein machen, aber ich habe dann immer mit der kleineren Schaufel schon den dritten Korb gefüllt, während er die zwei andern in den Keller runter schleppte. Jedes Mal, wenn er die nächsten holte, hat er mich angeguckt mit seinen blauen Augen, die immer heller leuchteten in dem immer schwärzer werdenden Gesicht. Als nicht mehr allzu viel Kohlen da lagen und Oma endlich ins Haus gegangen ist, bin ich ihm einfach nach in den Keller. Ich habe so getan, als suchte ich etwas, bin ziemlich dicht an ihm vorbei und habe die Tür zum Luftschutzraum aufgemacht. Ich wollte, daß er mich noch einmal küßt. Er hat auf meinen Busen in dem dreckigen Trainingsanzug geguckt und hat sich weggedreht und gesagt: »Elga, nisch. Bitte, bitte nisch!« Da habe ich mich geschämt und habe getan, als verstünde ich nicht, was er meinte, und habe gesagt, ich wollte mich nur mal einen Augenblick ausruhen, und habe die Tür hinter mir zugemacht und mich auf eins der Bettgestelle gehockt und angefangen zu weinen. Nach einer Weile ist er mir nachgekommen und hat sich neben mich gesetzt und den Arm um mich gelegt ... und hat mich geküßt, richtig diesmal,

und war so zart und lieb. Ich habe die Arme um seinen Hals geschlungen. Da ist er aufgestanden und hat sich umgesehen und hat ein Tuch aus Muttis Vorratsregal genommen und mir das Gesicht abgewischt, langsam, und dann meine Hände nacheinander und dann sein eigenes Gesicht und seine Hände. Er hat sich wieder neben mich gesetzt und hat mich angesehen und gefragt, ob ich wirklich will und ich habe gesagt: »Je t'aime, Jean Pierre.« Und er hat meine Trainingsbluse hochgeschoben und hat mich gestreichelt und geküßt und dann ist es geschehen ... Am liebsten wäre ich für immer in seinen Armen liegen geblieben. Jetzt bin ich nicht mehr Jungfrau. Jetzt bin ich seine Frau ...
Und nun kommt noch etwas Lustiges. Oma hatte inzwischen Feuer im Badeofen angemacht, und als ich ins Haus kam, hat sie gesagt: »Helga, geh du zuerst in die Wanne, und wenn das Wasser nicht zu dreckig ist, kann der Franzmann sich meinetwegen nachher auch noch baden.« Und das hat er, nachdem er draußen fertig war, tatsächlich getan. Als wir endlich sauber bei Muckefuck und Marmeladenbroten am Küchentisch saßen – Oma hatte Jean Pierre ein altes Hemd von Vati gegeben – hat er in ganz normalem Ton gesagt, ohne mich anzusehen: »C'était le bain le plus excitant de ma vie«, das aufregendste Bad seines Lebens – in meinem Badewasser! Oma verstand ja kein Wort glücklicherweise. Und dann noch: »... et le jour le plus heureux«, der glücklichste Tag. Meiner auch, Jean Pierre! Meiner auch!

10. Oktober 1944: Es ist etwas Furchtbares passiert. Die haben uns Jean Pierre weggenommen! Mutti hat einen Bescheid

gekriegt: alle ausländischen Arbeitskräfte werden ab sofort in der Rüstungsindustrie eingesetzt. Für den Endsieg. Heil Hitler! Jean Pierre ist nicht zur Arbeit gekommen. Ich wollte ihn noch einmal sehen, habe die Schule geschwänzt und bin mit dem Rad zur Alten Kaserne gefahren. Ungefähr hundert Meter von den Baracken bin ich abgestiegen und habe in einer Toreinfahrt Deckung genommen. Die Fremdarbeiter standen in Reih und Glied mit ihrem Gepäck, Rucksäcken, verschnürten Pappkartons und Einkaufsnetzen und so was, vor der Unterkunft. Ein SA-Mann hat Befehle gebrüllt und hat abzählen lassen und ein halbes Dutzend SA-Leute mit geschulterten Gewehren sind herumgelaufen und haben die Arbeiter auf zwei Lastwagen klettern lassen und sind dann selbst aufgesprungen. Und dann nur noch eine Staubwolke. Ich war wie versteinert. Dann habe ich angefangen zu heulen. Den ganzen Rückweg über habe ich geschluchzt, ich mußte absteigen zwischendurch.
Ich kann es einfach nicht glauben, daß alles aus sein soll.

11. Oktober 1944: Ich habe keine Ahnung, wo hier die nächste Munitionsfabrik ist. In W. gibt es die IWW, das weiß ich, das ist achtzig Kilometer von hier. Achtzig Kilometer! Eine unüberwindliche Strecke. Und ich habe solche Sehnsucht, nach seinen Händen, wie er mich gestreichelt hat, wie er …

12. Oktober 1944: Ich habe zu Mutti und Oma gesagt, sie sollten sich das nicht gefallen lassen, auf Befehl von oben Männerarbeit machen. Wozu ist Vati schließlich SS-Hauptsturm-

führer? Mutti hat sich aber schon erkundigt. Im günstigsten Fall bekommen wir eine Arbeitsmaid aus dem RAD-Lager in K. Eine Arbeitsmaid! Als Ersatz für Jean Pierre!

Sonntag, 13. Oktober 1944: Ich höre jetzt auf zu schreiben. Es passiert ja nichts mehr. Ich muß mir ein gutes Versteck für dieses Heft suchen. Vielleicht mache ich mir einen doppelten Boden in meinem Rucksack und lege es wasserfest eingewickelt dazwischen. Und wenn ich das Leben nicht mehr aushalten kann, hole ich mein Tagebuch heraus und lese, wie schön alles einmal war.

Bettina war vom Bad ins Wohnzimmer zurück geschlichen, hatte im Dunkeln das Heft wieder in das alte Papier eingeschlagen und die Gummizwillen darüber gezogen. Sie weinte. Dieses liebe junge Mädchen, romantisch, scheu, resolut, sinnlich. Helga. Ihre schroffe Mutter. Ob sie diesen Jean Pierre noch einmal wiedergesehen hatte? Vielleicht nach dem Krieg – oder nie? ... Wann war eigentlich Helgas Mutter gestorben? Jedenfalls relativ jung. Die Oma aus dem Tagebuch hatte ihre Tochter überlebt, war in der späteren DDR geblieben. Und der SS-Kerl – komisch zu denken, dass der mein eigener Großvater ist – ist nach längerer Gefangenschaft irgendwie in den Westen gelangt, Geschäftsmann geworden, inzwischen aber natürlich längst tot. Der wäre ja jetzt über Hundert. Familie. Ohne den wäre ich gar nicht auf der Welt, überlegte sie, oder wäre jedenfalls nicht ich. Aber vielleicht wird der Einfluss der Gene ja etwas überschätzt. Mama war doch vollkommen anders angelegt: gescheit, fröhlich, couragiert, einfach nicht der gleiche Mensch wie später. Was hat sie so verändert? Jean Pierre muss ihre große Liebe gewesen sein, sonst hätte sie dieses Tagebuch nicht über so viele Jahre hinweg aufgehoben. Was wohl in den beiden anderen Päckchen im Schrank noch zutage kommt? Nun, morgen muss ich erst einmal dieses wieder an seinen Platz befördern, dachte sie. Arme Mama. Ich will versuchen, liebevoller mit ihr umzugehen, nicht so streng und gereizt.

Das gelang am nächsten Tag allerdings nur begrenzt. Nach dem Frühstück begann eine schier endlose Suche nach der AOK-Versicherungskarte in der bewussten braunen Schrankwand, die in einer Abteilung mit Kleinfächern außer Kinderlätzchen, ausgeleierten Hosenträgern, angebrochenen Camelia-Packungen auch ein paar alte Handtaschen barg, und in einer fand sich endlich die Karte. Nachdem die Mutter fast die ganze Zeit neben ihr gestanden hatte, was Bettina sehr nervös machte, gelang es ihr schließlich, das Tagebuch an seinen Platz zurückzulegen.

Im Wartezimmer des Augenarztes dann äußerte die Mutter mit kaum gedämpfter Stimme Kritik an den prall sitzenden und tief ausgeschnittenen T-Shirts unter den offenen Kitteln der beiden jungen Sprechstundenhilfen. Und beim Optiker setzte der erwartete massive Widerstand gegen ein neues Brillengestell ein. Nach dem Aufprobieren von mindestens zehn Modellen wurde kopfschüttelnd jene schon früher erwähnte Frau Mischreuter heraufbeschworen, die auf lächerliche Weise versuche, sich jünger zu machen.

»Außerdem kann ich mich hier im Spiegel gar nicht richtig sehen.«

»Deshalb bin ich ja mitgekommen, um dich vielleicht ein bisschen zu beraten, Mama.«

»Ja, ja, um mir dieses unnötige Gestell aufzuschwatzen.«

»Es ist ein Kassengestell, etwas Schlichtes«, sagte die offensichtlich psychologisch geschulte Jungoptikerin. »Und Sie müssen kaum zuzahlen. Darf ich mal eine Polaroid-Aufnahme von Ihnen machen, dann können Sie mit Ihrer jetzigen Brille sehen, wie gut Ihnen die neue steht.«

Nach einem kleinen überraschten Lächeln erklärte sich die Mutter schließlich, wenn auch seufzend, einverstanden. Danach überredete Bettina sie zu einem Konditoreibesuch. Nach längerer Besichtigung der Tortenvitrine bestellte sich die Mutter mit eleganter Aussprache zwei Petits fours und ein Éclair.

»Welche Fremdsprachen habt ihr damals eigentlich in der Schule gehabt?« fragte Bettina, als sie sich beim Kaffee gegenübersaßen.

»Englisch und das unnötige Latein. Und als Wahlfach hatte ich noch Französisch.«

»Und was mochtest du am liebsten?«

Die Mutter blickte an Bettina vorbei. »Französisch.« Dann wendete sie sich entschlossen wieder ihrem Kuchen zu. »Das hatten wir aber bloß kurze Zeit.«

»Es klang aber ganz lässig, wie du vorhin bestellt hast.«

Bettina hatte noch nicht die Hoffnung aufgegeben, dass die Mutter von sich aus Jean Pierre erwähnen würde.

»Na, solche einfachen Sachen. Zu meiner Zeit lernte man in der Schule kaum sprechen. Der Lehrer, Schurigge hieß der, konnte es selber nicht, der hatte einen furchtbaren sächsischen Akzent ... Und wir hatten ja keine Gelegenheit, ins Ausland zu kommen. Höchstens die Männer. Um sich ein Bein wegschießen zu lassen wie dein Vater. Aber der lernte da auch kein Französisch. Der hatte bloß eine Wut auf die.«

Nach dieser unvermutet ausführlichen Auskunft kratzte sie mit der Kuchengabel die Reste der Petits fours aus den plissierten Papierhüllen und häufelte die Krümel auf dem Teller zusammen, sorgfältig. Das Gespräch war zu Ende.

Beim Abschied am nächsten Vormittag umarmte Bettina ihre Mutter herzlich, streichelte ihr Gesicht und küsste sie auf Stirn und Wangen.

»Na«, sagte die Mutter kopfschüttelnd, »was ist denn in dich gefahren?«

Bettina dachte an die junge Helga und sah sie zärtlich an. »Es war schön bei dir, Mama.«

Es könnte ja auch sein, dass die Galerie geschlossen hat, überlegte sie während der Straßenbahnfahrt. Galerien haben bestimmt andere Öffnungszeiten als Läden. Oder dass nur dieser Giltemeier da ist. Was heißt: nur? Die Kunst ist ja wohl das Wichtigste ... Ich hätte vorher anrufen sollen. Aber wenn Mama mitbekommen hätte, dass ich noch etwas anderes vorhabe, hätte es Missverständnisse gegeben, Gekränktheit und neue Vorwürfe.

Das Eisengitter war nicht heruntergelassen. Sie stieg die Stufen hinauf, öffnete die Tür und erschrak. Zwei Gestalten standen an der Rückwand, in Arbeitskitteln, einander zugeneigt, stumm, unbeweglich. Beim Nähertreten erkannte sie, dass es lebensgroße Skulpturen waren. Jeder war eine Art Apparatur über Kopf und Körper gelegt, Brettchen mit Leitungen entlang von Rücken, Brust und Armen. Die linke Figur schien mit angehobenem Unterarm die geöffnete Hand der rechten entgegenstrecken zu wollen, ohne sie berühren zu können. Die rechte versuchte, die Stirn an das Gesicht der linken zu legen. Zwei Menschen, die zueinander wollten und nicht konnten. Es rührte Bettina an, wie eine Bestätigung. Sie wendete sich ab, als hätte sie die beiden gestört, sah an der Seitenwand verschiedene Köpfe auf Sockeln oder Stangen. Alle Augen waren eindringlich auf sie und doch auch ins Leere gerichtet. Sie schauderte, betrachtete nun die Skizzen an der anderen Wand, Menschen in Bewegung, an einem Seil hochkletternd oder beim Kopfsprung oder auf einer Schaukel, jedenfalls die Erde fliehend. Dabei fühlte sie weiter die Gegenwart der beiden Männer, wendete sich wieder ihnen zu und starrte sie an.

Roberto Pascual kam durch die hintere Tür, warf einen raschen Blick auf die Gestalten, ging auf Bettina zu, umfasste ihre Oberarme und sagte mit leicht rollendem R: »Das freut mich aber riesig, dass Sie wieder gekommen sind. Ich war schon gespannt darauf, was Sie zu dieser Ausstellung sagen würden.«

Sie musterte sein Gesicht, wollte sich vergewissern, ob er das im Ernst meinte, spürte Zutrauen zu den braunen Augen hinter den Brillengläsern, lächelte, sah über seine Schulter auf die Doppelskulptur, hörte auf zu lächeln. Auch Roberto Pascual wendete sich der Figurengruppe zu.

»Es ist ... es ist, als ob die beiden lebten«, murmelte sie. »Als ob man gar nicht zusehen dürfte ... und dann ist es auch wieder so, als ob sie das Leben nur darstellten ... das Leben von uns allen, und dass man deswegen hingucken sollte und müsste.« Und nach einer Weile, kopfschüttelnd: »Nicht zu glauben, dass jemand so etwas so sichtbar machen kann, diesen Raum, der immer zwischen zwei Menschen bleibt – obwohl diese beiden sich ja anscheinend zugetan sind.«

Roberto Pascual sah sie leicht verwundert an und dann wieder auf die Figuren. Nach einem Schweigen sagte er fröhlich: »Aber manchmal ist man einem anderen Gott sei Dank doch ganz schön nahe«, zog sie einen Augenblick an sich und ließ sie wieder los. »Im Geiste, meine ich natürlich«, fügte er lächelnd hinzu. »Und jetzt trinken wir einen Tee, ja?«

Der große Holztisch stand dieses Mal an der rechten Seitenwand, und nachdem sie sich noch einmal lange den starren und doch lebendigen Blicken der Köpfe ausgesetzt hatte und mehrmals um die beiden Gestalten im Hintergrund herumgegangen war, setzte sie sich mit Sicht auf die Skizzen – und auf Herrn Pascual an die Schmalseite des Tisches, als er den Tee hereingebracht hatte.

»Also, Herr Pascual, entschuldigen Sie, aber ich kann es nicht aushalten, wenn die mir hier alle zugucken beim Teetrinken.«

»Ich würde mich freuen, wenn Sie mich Roberto nennen könnten.«

Überrascht und erfreut sagte sie: »Gerne. Ich heiße Bettina.«

Er legte den Kopf schief. »Bettina ... Darf ich Tina sagen? Das passt besser, finde ich.«

Er fragte sie, wie sie das gemeint habe, dass die Doppelskulptur »das Leben von uns allen« darstelle. Und sie erzählte von der Schranke, die ihre Mutter um sich aufgerichtet hatte, dass man ihr nie nahe kommen konnte, sprach lange über ihre Mutter, erwähnte auch das Tagebuch, obwohl sie sich eigentlich vorgenommen hatte, mit niemandem darüber zu reden. Er sah sie die ganze Zeit aufmerksam an, und dann wieder auf die Figuren. »John Davies, der Künstler, nennt die Gruppe: Lektion«, erläuterte er.

»Lektion? Wie merkwürdig. Will der Mann links dem anderen etwas beibringen?«

Sie standen noch einmal vor den Skulpturen.

»Er versucht es wohl jedenfalls.«

»Ja«, meinte sie, »aber es gelingt ihm nicht ganz, obwohl der andere zuhören will. Der sieht ihn nicht an. Der denkt vielleicht an etwas anderes. So ist es doch fast immer.«

»Aber er horcht doch hin«, meinte Roberto, »und es ist auch eine Art Zärtlichkeit zwischen den beiden, finden Sie nicht?«

Sie dachte wieder an ihre Mutter, fühlte sich ein bisschen getröstet und lächelte ihn an.

»Ich muss jetzt gehen«, sagte sie.

Er legte seine Hände auf ihre Schultern. »Schade.« Er küsste sie links und rechts auf die Wangen – das übliche Abschiedsritual heute in bestimmten Kreisen – allerdings ziemlich dicht neben die Mundwinkel. »Bitte wiederkommen, Tina.«

»Wein doch nicht, Mami. So schlimm ist es doch nun auch wieder nicht.«

Bettina saß mit aufgestützten Ellenbogen am Esstisch, hatte das Gesicht in die Hände gelegt und schluchzte. Jan und Piet standen fast gleichzeitig auf und fassten sie an den Schultern.

»Mami, komm, lass das, das bringt doch nichts«, murmelte Jan.

Und Piet, energischer, meinte: »Hauptsächlich muss doch Papa damit zurecht kommen, nicht du. Und schließlich ist er ja sowieso schon siebenundfünfzig.«

Bettina suchte nach einem Taschentuch.

»Ach, ich glaube, das könnt ihr nicht so ganz verstehen.«

Jan reichte ihr ihre Serviette.

»Meinst du denn, es ist ein großer finanzieller Einschnitt?« fragte Piet.

»Das natürlich auch. Aber darum geht's nicht in erster Linie.« Sie putzte sich die Nase.

»Weinst du, weil er dir leid tut?«

»Ja, auch das. Aber lasst mich bitte jetzt. Man muss manchmal eben einfach heulen.« Von neuem brach ihr die Stimme, und sie legte den Kopf auf die Unterarme. »Lasst mich einfach hier sitzen.«

Die Jungen räumten schweigend das Geschirr ab. Sie hatten ihre Mutter noch nie weinen gesehen, nicht einmal bei der Nachricht vom Tod des Großvaters. Sie gingen hinaus.

Es war wie ein Schlag gewesen, ein Schlag vor die Brust, der einem den Atem nahm und dem nun der Schock folgte. Bettina zitterte.

»Ich möchte euch etwas mitteilen«, hatte Gunter gegen Ende des Abendessens gesagt und sich geräuspert. »Meine Firmenleitung nimmt eine Umstrukturierung des Betriebes vor. Ich werde Ende des kommenden Monats ausscheiden. Freiwillig selbstverständlich.« Dann hatte er sie nacheinander angesehen und etwas verkniffen gelächelt. »Tja.«

»Oh, Gunter«, sagte Bettina und legte spontan eine Hand auf seine. Er wehrte ab.

»Keine Beileidsbezeugungen, bitte. Du freust dich doch hoffentlich auch. Nun haben wir mehr Zeit für uns selbst. Mehr gemeinsame Freizeit, wir alle Vier.«

»So kann man's auch sehen«, meinte Jan. »Klar, Papa.«

»Mal was Neues«, fügte Piet hinzu. »Papa als Rentner.«

»Ich sehe, eure Begeisterung hält sich in Grenzen«, sagte Gunter und stand auf. »Meine übrigens auch.« Er war ins Wohnzimmer hinübergegangen und hatte den Fernseher eingeschaltet und erst dann die Tür geschlossen.

Bettina hatte blitzartig die Konsequenzen erfasst. Gunter ohne Beschäftigung, den ganzen Tag zu Hause, alles kontrollierend. Keine Fahrt in die Stadt mehr ohne Angabe von Gründen, ohne seine Begleitung gar. Bibliothek, Museum, Buchhandlung, diese im wahrsten Sinne des Wortes wundervollen Stunden des Sehens und Lernens – vorbei.

Sie schluchzte noch einmal auf. Dann schämte sie sich, dass sie als erstes an sich selbst gedacht hatte, kaum an Gunter. Das hatte eben mit dieser vorgeblich überlegenen, ironischen Art zu tun, in der er es ihnen mitgeteilt hatte. Wie einer Schulklasse, die einen neuen Lehrer bekommt. Diesen Ton hatte er auch im Geschäft, wie sie aus seinen gelegentlichen Erzählungen wusste. Er war einer von drei Geschäftsführern in einem mittelständischen Betrieb – gewesen, musste man nun ja wohl sagen. Vielleicht trennten die dort sich auch wegen dieses Tons nicht ungern von ihm ...

Arbeitslos, ein kerngesunder Mann, der täglich neun bis zehn Stunden zu arbeiten gewohnt war. Der sich von ganz unten in diese Führungsposition hinaufgeschafft hatte. Sie war ja im gleichen Betrieb gewesen damals, als Sekretärin, vor achtzehn Jahren, als er noch in der mittleren Ebene tätig war. Sie hatte zu dem energischen Enddreißiger aufgeblickt, der immer präsent war, der alles sofort erledigt haben wollte, aber auch selber »keine Sache für den gleichen Vorgang zweimal in die Hand« nahm, wie er es den Angestellten als Grundregel für effektives Arbeiten eintrichterte. Daran hielt sie sich übrigens auch später im Haushalt, sehr nützlich. Wer das nicht begriff, konnte auf Dauer im Betrieb nicht bleiben. Und es gingen viele. Auch Bettina – sie allerdings leichten Schrittes, in die Ehe mit ihm, stolz, dass die Wahl dieses dynamischen Mannes, wie man das in der Wirtschaftswelt nannte, auf sie gefallen war ... Wie sollte er diesen Schlag einstecken, die vorzeitige Entlassung, die es doch praktisch war.

Bettina tupfte sich das Gesicht ab, stand auf und ging ins Wohnzimmer. Fußballänderspiel. Oder auch UEFA-Cup. Egal. Sie setzte sich neben Gunter und suchte seine Hand. Er verschränkte die Arme. »Du brauchst dir keinen Zwang anzutun. Ich weiß, dass du von Fußball nichts verstehst.«

Sie blieb noch eine Weile sitzen und starrte auf die wieselnden Gestalten in blauen und weißen Trikots, die nach unerforschlichen Gesetzen auf dem grünen Rasen hinter dem Ball herrannten, ihn, wenn er in ihre Nähe flog, oft scheinbar auf gut Glück, in eine Gruppe von Weißen und Blauen schossen, trippelten, manchmal wie verloren am Rand des Feldes herumstanden, in die Gegenrichtung rannten, nun zu fünft gleichzeitig versuchten, den Ball zu stoßen, einander anrempelten. Dann kam, wie so häufig auch in anderen Spielen, der spannende Moment, wo der Schiedsrichter mit hochgestrecktem Arm seine Pfeife betätigte, ein Spieler, vom Schmerz gekrümmt, sich mit verzerrtem Gesicht auf dem Boden hin und her wälzte, liegen blieb, Männer mit Verbandstaschen herbeieilten und sich an dem Schwerverletzten zu schaffen machten. Doch plötzlich stand er auf, wie von Zauberhand geheilt, humpelte zwei Schritte und federte dann, offensichtlich unversehrt, über den Rasen zu den anderen, denen bald darauf der Ball von einem Spieler am Rande, nach einigem Zögern, diesmal nun mit beiden Händen – war das denn erlaubt? – zugeworfen wurde, die hoch sprangen, sich umschauten, rannten, auch zielte jetzt einer auf das Tor, das durfte er aber seltsamerweise nicht, der Schiedsrichter pfiff. War das ein Abseits gewesen, dessen Bedeutung ihr ihre Söhne und Gunter, leider alle gleichzeitig, schon mehrmals zu erklären versucht hatten? Neuer vergeblicher Angriff. Diesmal schoss der Torwart den Ball über das ganze weite Feld, einem Spieler direkt vor die Füße, leider wohl einem Gegner, jedenfalls, ach ... Wieder alles in Gegenrichtung. Doch dann der Schlusspfiff – und endlich, endlich durften sich die Blauen schweißüberströmt übereinander werfen, bespringen, vor Glück ineinander verkeilen, während im Hintergrund die johlende Menge zu hören war, Pfiffe, Sprechchöre – und nun die Reporterstimme in ölig routinierter Erregung das Ergebnis verkündete.

Es kam Bettina vor, als habe sie genau das Gleiche schon mehrmals gesehen, oder auch hundertmal, vielleicht war es eins von Gunters Videos, sie wagte nicht zu fragen, sie saß stumm, bis er nach einem Bier verlangte und sie hinausging, um es zu holen, einschenkte, auf sein dem Bildschirm zugewandtes Profil blickte. Er dankte nicht, setzte das Glas an, trank. Bettina verließ das Zimmer.

Ende kommenden Monats, hatte Gunter gesagt, also noch sieben Wochen. So lange würde sie Zeit haben für ihre Fahrten in die Stadt, knapp zehn Stunden pro Woche etwa für die Bibliothek, die Kunsthalle, also fast siebzig Stunden im Ganzen. Die Zeit des Herumblätterns, des ersten Staunens war vorbei. Sie war erfüllt von Wissensdurst und Begeisterung und Anspannung, alles in sich aufzunehmen, ehe ihr der Zugang verwehrt sein würde. Nach den Erlebnissen mit Shmuel Shapiro und John Davies wollte sie mehr über laufende Ausstellungen erfahren und kehrte ein bei Max, dem freundlichen Buchhändler mit dem krausen Pferdeschwanz.

»Ich brauche neue Kataloge, die sind in der LaBi noch nicht greifbar. Können Sie mir die folgenden bestellen ... ?«

»Klar«, sagte Max hilfsbereit. Er freute sich offensichtlich, dass sie wiedergekommen war.

»Aber kaufen kann ich sie nicht«, gestand sie.

»Genau die Art Kundin, auf die ich absolut wild bin.«

»Ich erkläre es Ihnen, Max.« Sie setzten sich auf zwei Plüschlöwen in der Kinderbuchecke, und sie versuchte, ihm ihre Situation zu beschreiben. Er blickte sie kopfschüttelnd an.

»Spannend«, sagte er. »Stoff für einen Bildungsroman. Oder machen wir einen Krimi draus? Ich meine, falls ich den Ehemann umbringe.«

Max hatte so lustige, freche Augen. Und Max half ihr. Er bestellte die neuesten Kataloge und ließ Bettina in seiner unordentlichen Hinterstube damit allein. Er fing sogar an, sich selber dafür zu interessieren, obwohl zeitgenössische Kunst eigentlich nicht sein Ding sei, wie er sagte. Er holte sich von ihr Kurzinformationen, legte dann die Kataloge im Laden aus und gab seine frisch erworbenen Kenntnisse an die Kunden weiter. Seine Gratislektorin nannte er Bettina und fasste sie um die Taille.

In der vierten Woche nach der Schreckensmitteilung kam Gunter mehrmals schon nachmittags nach Hause. Er setzte sich auf die Terrasse hinter dem Haus oder bei schlechterem Wetter gleich vor den Fernseher.

»Möchtest du einen Tee?« fragte Bettina, die ihren Kaffee wie gewohnt bereits nach dem Mittagessen getrunken hatte. Zweimal wollte er Tee, von da an meistens gleich einen Drink.

»Übst du schon für den Ruhestand?« fragte Piet, als er seinen Vater am Nachmittag um fünf Uhr mit einem Whisky Soda am Couchtisch sitzen sah.

»Das ist einfach so, mein Junge: Jetzt laufen die Planungen im Geschäft für die neue Ära. Da brauchen sie meinen Rat nicht mehr.«

Es war das erste Mal seit langer Zeit, dass der Vater zwar bitter, aber nicht belehrend oder im Befehlston mit ihm sprach.

»Verstehe, Papa, sorry.« Piet legte ihm kurz die Hand auf die Schulter, die Gunter mit einer unwillkürlichen Bewegung abschüttelte. »Vielleicht müsstest du dir rechtzeitig ein Hobby suchen?«

»Ein Hobby.« Gunter pustete verächtlich. »Laubsägen oder was?«

»Entschuldige. War nur so ein Gedanke«, sagte Piet und verließ das Zimmer.

»Ich fürchte, das wird nicht ganz einfach werden mit Papa«, sagte er zu seiner Mutter, die in der Küche Wäsche bügelte.

»Es i s t bereits nicht ganz einfach.« Bettina legte sorgfältig ein Oberhemd zusammen.

»Ich habe ihm gerade gesagt, er soll sich mal nach einem Hobby umsehen. Es gibt doch da eine Masse Angebote für Senioren. Vielleicht findet ihr ja was Gemeinsames. Ich meine Golf oder so.«

»Klar«, murmelte Bettina. »Oder Mittwoch nachmittag zum Seniorentreff im Gemeindezentrum. Das ist sogar kostenlos, nehme ich mal an. Junge Alte.«

»Mann, ist das jetzt alles schwierig hier. Du reagierst ja schon genau wie Papa. Ich wollte dich doch nicht kränken, Mami.«

»Weiß ich ja.« Sie schniefte auf.

Wenn Gunter nicht vorzeitig in den Ruhestand geschickt worden wäre, hätte sie sich wahrscheinlich bald ein Herz gefasst, so glaubte sie jetzt wenigstens, und ihm beigebracht, dass sie noch etwas lernen wollte. Sie hätte ja nicht unbedingt das Wort Kunst erwähnen müssen, irgendeinen anderen Kursus vorschieben können, etwas Nützliches, und sich damit ein bisschen Freiraum verschafft. Aber nun war es zu spät. Er war am Ende seines Arbeitslebens und ständig zu Hause, da konnte sie nicht zu etwas Neuem nach draußen aufbrechen.

Bettina hatte ihre Fahrt nach Hannover verschoben, um ihre letzten freien Vormittage in der Stadt zu nutzen, die übrigens mit einer überraschend kräftigen Abschiedsumarmung von Buchhändler Max ihren Abschluss gefunden hatten. Nun lag die erste Woche unter Gunters Ganztagsanwesenheit hinter ihr. Vor einem halben Jahr hätte sie es nicht für möglich gehalten, dass sie sich einmal derartig auf die Reise nach Hannover freuen könnte. Damals war sie nur aus Pflichtgefühl zu ihrer störrischen Mutter gefahren. Jetzt war sie voll Spannung, ob sie vielleicht mehr über ihr Leben erfahren würde, und betrachtete sie mit liebevolleren Augen. Und drei Tage weg sein von Gunter! Und die Freude auf die Galerie, ja – gib es zu – und vor allem auf Roberto Pascual.

In Frankfurt blickte sie aus dem Zugfenster in der vagen Hoffnung, durch einen Zufall ihre Reisegefährtin von damals zu entdecken. Ihr wurde bewusst, wie stark sich ihr Leben seit dem Gespräch im Eisenbahnabteil verändert hatte. Wie gern würde sie wieder mit dieser offenen, selbständigen Frau sprechen.

Beim Aufschließen der Wohnungstür: der gleiche abgestandene Geruch, das gleiche Bildschirmgeflimmer durch die Milchglasscheibe wie immer.

»Mama? Ich bin's!«

»Ach, lässt du dich auch mal wieder bei deiner alten Mutter sehen?« Und die gleiche vorwurfsvolle Begrüßung. Aber etwas war anders. Die Mutter sprach undeutlicher. Bettina erschrak. Sie beugte sich herunter und küsste sie auf die Wange.

»Du weißt doch, Mama: der Haushalt, die Jungens und nun auch noch Gunter zu Hause.«

»Du solltest froh und dankbar sein ...«

»Ja doch, Mama. Aber sag mal, du sprichst so seltsam. Ist was mit deinen Zähnen?«

»Was soll mit meinen Zähnen sein, die hab ich doch gar nicht drin.«

»Das finde ich aber nicht so gut. Warum denn?«

»Die kriege ich nicht mehr rein.«

»Aber Mama, das geht doch nicht ... Darf ich mal den Fernseher abstellen?«

Aufseufzend ließ es die Mutter geschehen.

»Ich sage dir doch, sie passen nicht mehr. Soll ich es dir vorführen?« Sie stand auf und ging ins Badezimmer, Bettina folgte ihr zögernd. Die Mutter nahm die Oberkieferprothese aus einem Becher und versuchte, sie sich in den Mund zu stecken.

Bettina wendete sich ab und bekam den Vorgang optisch nur unscharf im Spiegel, akustisch dagegen durch ein von einem Schmatzgeräusch begleiteten Klappern sehr eindringlich mit. Gequält wandte sie sich der Mutter zu.

»Das kann doch nicht sein, Mama.« Sie starrte auf die weißen knochigen Finger, die halb in dem weit geöffneten Mund steckten, wieder und wieder hinein und hinaus fuhren.

»Ist dir das Ding mal hingefallen?«

»Nicht dass ich wüsste«, versuchte die Mutter sich mit offenem Mund zu artikulieren. »Ich kann schon seit einer Woche nicht mehr kauen.« Wieder schlug die gelbliche Zahnreihe mit feuchtem Knacken gegen den Kiefer. Dic Mutter verschluckte sich und musste husten.

»Versuch es selber, mir das reinzuschieben, wenn du mir's nicht glaubst.«

»Nein, nein, Mama, nicht nötig. Ich bin überzeugt.«

Bettina, die Hand vor dem Mund, wendete sich suchend um und zog ein paar Kleenextücher aus einem verstaubten Karton oben auf dem Regal. »Komm, wickele es da hinein. Ich mache uns sofort einen Termin beim Zahnarzt. Zu welchem gehst du?«

»Früher zu Dr. Voss. Aber der hat schon lange zugemacht. Der lässt's sich gut gehen in seiner Villa auf Teneriffa.«

»Mama, dann müssen wir zu jemand anderem. Du kannst nicht ohne Zähne bleiben auf Dauer.«

Nach mehreren telefonischen Versuchen in verschiedenen Praxen, von denen ihr Termine in drei oder fünf Wochen vorgeschlagen wurden – »oder ist die Dame privat versichert?« – stellte Bettina in der Ambulanz einer Zahnklinik die Angelegenheit als Notfall dar, und sie machten sich auf den Weg.

Lange saßen sie in einem grünlich gestrichenen kahlen Warteraum, in dem die Mutter die harten Plastikstühle und die zerlesenen Schundzeitschriften monierte, nicht ganz zu Unrecht in diesem Fall. Endlich durch den Lautsprecher aufgerufen und von Bettina in einen der vier Behandlungsräume geführt, zog die Mutter das Kleenexpäckchen aus ihrer Handtasche, wickelte die Prothese aus, wurde zum Behandlungsstuhl geleitet, bekam ein Papierlätzchen umgehängt, der junge Arzt trat heran, sie hielt ihm die Zahnreihe hin.

Der Zahnarzt, latexbehandschuht, fasste sie mit Daumen und Zeigefinger, hielt sie vor ihren weit geöffneten Mund, wendete sie hin und her und schüttelte den Kopf.

»Das sind nicht Ihre Zähne, gute Frau.«

Die Mutter richtete sich kerzengerade auf.

»Erstens bin ich keine gute Frau, jedenfalls nicht für Sie«, antwortete sie, erstaunlicherweise relativ deutlich. »Und zweitens lernen Sie erst mal Ihr Handwerk, junger Mann.«

»Nun mal langsam, meine Dame«, sagte der Arzt und drehte sich nach Bettina um.

»Sie sind die Tochter? Tragen Sie eine Prothese?«

»Ich? Wieso das denn? Nein!« rief Bettina entsetzt.

»Ich bin Oberschwester gewesen«, fuhr die Mutter dazwischen.

Der Arzt sprach weiter zu Bettina hin. »Hier liegt eine Verwechslung vor. Dies ist jedenfalls nicht der Zahnersatz Ihrer Mutter.«

»Ich werde versuchen, das aufzuklären«, antwortete Bettina verwirrt. »Bitte entschuldigen Sie vielmals. Komm, Mama.« Sie half ihr von dem Behandlungssessel. Die Mutter wickelte die Prothese wieder ein und mümmelte etwas über die heutigen Klinikärzte. Es klang wie: eingebildete Nichtskönner, wurde aber glücklicherweise von niemand zur Kenntnis genommen.

Ein makabrer Verdacht war in Bettina aufgestiegen. Als sie das grünliche Wartezimmer durchquert hatten, fragte sie vorsichtig: »Ich weiß, Mama, du hast ja alles von Papa aufgehoben. Ist es vielleicht möglich, dass du etwa auch sein Gebiss ...?«

Die Mutter blieb stehen, schwieg, starrte Bettina an, ihr Gesicht verzog sich in weinerlichem Entsetzen. »Oh Gott, ich glaube, du hast recht, Kind! Ich habe es neulich im Schrank gefunden und da habe ich es mit einer Reinigungstablette in einen Becher gegeben, und da muss ich es dann wohl ...« Sie schluchzte. »Ach, ist das schrecklich, so alt zu sein. Warum lebe ich überhaupt noch!«

Bettina fasste sie an den Schultern. »Mama, so was kann doch passieren.« Sie streichelte den grauen Kopf an ihrer Brust.

»Alt sein ist einfach peinlich.«

»Nun mach dir doch keine Gedanken mehr. Den Arzt siehst du sowieso nie wieder.«

»Worauf du dich verlassen kannst.« Die Mutter putzte sich bereits die Nase. »Und viel Ahnung schien er trotz allem nicht zu haben«, sagte sie abschließend.

In der Wohnung ging sie sofort ins Bad und kam mit dem eigenen Gebiss im Mund zurück. Das Kleenexpäckchen hielt sie in der Hand.

»Meinst du, ich kann das einfach wegwerfen?«

»Aber sicher.«

»Die waren sehr teuer damals. Wir mussten gehörig zuzahlen ... Aber so schön waren sie ja nun auch wieder nicht«, setzte sie hinzu und ließ die falschen Zähne ihres verstorbenen Ehemannes in den Mülleimer fallen. Dann ging sie ins Wohnzimmer und setzte sich zufrieden vor den Fernseher. Eine Arztserie.

Bettina blieb in der Küche. Gut dass das Essen schon fertig war. Sie öffnete die mitgebrachte Tupperdose mit der Doppelportion Rindfleisch-Gemüse-Suppe, die sie von dem Riesentopf für ihre Familie – »Vergiss bitte nicht, genügend vorzukochen«, hatte Gunter gesagt – abgezweigt hatte. Ehe gleich wieder der Kampf um eine frische Tischdecke und Stoffservietten entbrennen würde, holte sie aus dem Schlafzimmerschrank das Päckchen, in dem sie die Fortsetzung des Tagebuchs vermutete.

Später, in der Nacht, nachdem sie sich vergewissert hatte, dass die Mutter eingeschlafen war, legte sie das Heft in eine Zeitschrift, um es notfalls schnell verschwinden lassen zu können, schlug beides zusammen auf und las.

25. Oktober 1944: Ich muß ein neues Tagebuch anfangen. Ich habe niemand, mit dem ich sprechen kann. Was soll ich bloß machen? Ich habe meine Regel nicht gekriegt. Oh Gott, hilf mir! ... Glaube ich überhaupt an Gott? Bisher vielleicht nicht genug. Ich bete und bete und bete. Lieber Gott, laß mich meine Tage kriegen! Lieber Gott, laß es nicht wahr sein! Das kannst du doch nicht wollen, daß ich ein Kind bekomme, mit siebzehn Jahren, als Schülerin, und darf niemand sagen von wem! Vom Feind! Vati schlägt mich tot ...!
Ich habe mal gehört, ich weiß eigentlich nicht, von wem das gewesen sein könnte, daß manche Mädchen ihre Regel nicht kriegen, wenn sie zum ersten Mal mit einem Mann zusammen gewesen sind, vor lauter Angst oder wegen der körperlichen Umstellung oder so was. Vielleicht ist es das?
Ein bißchen Hoffnung habe ich noch.

28. Oktober 1944: Sieben Tage bin ich schon über mein Datum. Heute haben wir Große Wäsche und ich habe meinen Schlüpfer und die sauberen Binden heimlich direkt in den dampfenden Waschkessel geworfen. Mutti würde es bestimmt auffallen, wenn keine Binden von mir dabei sind. Früher habe ich mich über die ekligen dicken Baumwolldinger geärgert und jetzt wäre ich froh, wenn ... Ach, lieber Gott, laß es doch bluten, bitte, bitte, laß es bluten.

30. Oktober 1944: Nichts. Ich muß mich wahnsinnig vorsehen, daß man mir nichts anmerkt. Ich muß einen Ausweg finden. Wen soll ich bloß fragen? Für Abtreibung gibt es hohe Gefängnisstrafen, oder etwa Todesstrafe? Ich weiß auch gar nicht, wie so was geht und ob es jemand gibt, der es macht. Kann ich mir gar nicht vorstellen hier in unserer Kleinstadt. Ob man jemand bestechen könnte? Aber wen und wie macht man das? Und was verlangt so jemand? Derjenige bringt sich ja selbst in Lebensgefahr bei den Gesetzen heutzutage. Und niemand ist da, den ich fragen könnte. Mutti ist sowieso viel zu ängstlich. Und Oma? Die ist einfach zu sehr vom alten Schlag. Wenn sie rauskriegen würde, daß es von Jean Pierre ist, versuchte sie bestimmt, ihn zur Rede zu stellen auf irgendeine Art, auf Heirat bestehen oder so was. Und – ob sie wollte oder nicht – dann käme er vor Gericht. Todesstrafe möglicherweise, da sind die schnell bei der Hand heute.

3. November 1944: Immer noch nichts. Ich habe so furchtbare Angst. Wenn doch endlich der Krieg zu Ende wäre! Dann würde J. P. entlassen und bestimmt zu uns kommen und wir würden heiraten. Wenn Vati allerdings nach Hause käme, hätte ich nichts zu lachen. Aber J. P. und ich würden es durchsetzen, vielleicht einfach abhauen. Wenn Deutschland den Krieg verliert – aber so was darf man ja nicht mal flüstern – Defätismus! Trotzdem: wenn, dann hätte Vati wohl nicht mehr so viel zu melden. Dann käme er erst mal in Gefangenschaft. Mindestens.

10. November 1944: Ich bin wie gelähmt. Ich kann einfach nichts mehr denken.

15. November 1944: Ich habe keine Hoffnung mehr. Ich bin schon drei Wochen über dem Termin. Dauernd ist mir schlecht, ich weiß nicht, ob bloß aus Einbildung und Angst oder eben weil ... In der Schule hat mich Jutta gefragt, ob ich ein »schleichendes Leiden« hätte, ich sähe so käsig aus. Zwei schleichende Leiden, jawohl, Sehnsucht und Angst! Aber das habe ich natürlich nicht gesagt.

18. November 1944: Meine einzige Hoffnung: daß der Krieg mit einem Schlag zu Ende geht! Im Osten muß es ja schlimm stehen. Es finden »geordnete Rückzüge« statt, »zur Begradigung der Front!« Und im Westen ist die deutsche Ardennenoffensive zum Stillstand gekommen. Keiner traut sich, es offen auszusprechen: aber lange kann es ja nicht mehr dauern bis zur Kapitulation. Da kann der Goebbels noch so laut im Radio vom Endsieg rumbrüllen. Wenn der Krieg aus wäre, dann hätte ich noch Hoffnung, daß alles gut wird. Aber woher soll ich überhaupt wissen, daß J. P. dann zu uns käme. Wieso eigentlich? Er müßte doch froh sein, daß er endlich wieder nach Hause darf, nach Frankreich. Und vielleicht ist er ja auch wer weiß wie weit weg transportiert, an die Front, oder er ist erschossen, weil er geflohen ist, weil er zu mir wollte ... Aber vielleicht bin ich ihm ja auch gar nicht so wichtig. Die paar Küsse und die eine Umarmung. Es gibt ja viele Mädchen, die sich die große Liebe einbilden und für den Mann war es bloß ein Spaß. Kann sein, er hat eine Braut in Frankreich, die auf ihn wartet ... Nein, so etwas Gemeines darf ich nicht denken. Dann könnte ich ja gleich ins Wasser gehen.

23. November 1944: Heute Badetag. Ich hatte wie wild darauf gewartet. Ich habe das ganz heiße Wasser in die Wan-

ne laufen lassen und habe mich hineingesetzt. Fast brühend heiß, so lange ich es aushalten konnte. Das hilft manchmal, habe ich irgendwo gehört. Erst nach zehn Minuten habe ich kalt nachlaufen lassen und habe in der Wanne gelegen und gehofft, daß was passiert, und habe an Jean Pierre gedacht. Nun ist es schon drei Stunden her. Jetzt glaube ich nicht mehr, daß ich eine Blutung kriege.

25. November 1944: Nichts. Ich kann ja nicht jeden Tag dasselbe schreiben: Nichts. – Ich sperre mich so oft wie möglich in meinem Zimmer ein. Unten sage ich, ich arbeite für die Schule, und zu meinen Klassenkameradinnen sage ich mittags, ich muß gleich nach Hause, im Betrieb helfen, wir haben ja keinen Fremdarbeiter mehr. Ich spreche kaum noch mit jemand aus Angst, daß mir irgendwer etwas anmerkt oder ich zu heulen anfange.

26. November 1944: In der Schule habe ich mich beim Turnunterricht zu den Glücklichen auf den Schwebebalken gesetzt, die ihre Regel haben und nicht mit turnen müssen. Nach einer Viertelstunde bin ich zu Frau Möller und habe gesagt, ich muß mal auf die Toilette. Draußen bin ich in den Erste-Hilfe-Raum geschlichen. Ich habe die Tür hinter mir zugemacht und ganz rasch alle Schränke durchgesehen. Der mit dem Totenkopf und den Vorsicht-Schildern, in dem Äther und solche Sachen sind, war aber leider abgeschlossen. In einem andern habe ich etliche Rollen 8 cm breite elastische Bandage gefunden und vier davon mitgenommen und im Klo unten in meiner Überfallhose verteilt, mit Sicherheitsnadeln festgemacht. An sich kann ich Überfallhosen nicht leiden, man sieht so plump darin aus. Aber in der breiten Falte kann man prima was unterbringen. Mein erster Diebstahl. Es war so ein plötzlicher Einfall. Die Bandagen kann ich vielleicht später gebrauchen, wenn ich dicker werde, um mich einzuschnüren.

30. November 1944: Ich habe jetzt drei alte Pullover aufgerebelt. Aus der Wolle stricke ich mir einen neuen mit breiten Streifen. Das Muster sieht ein bißchen komisch aus, weil das Garn verschiedene Stärke hat und die Farben nicht besonders zusammenpassen. Aber irgendwie kriege ich es schon hin, Hauptsache, der Pullover wird weit und lang genug. Stricken ist jetzt so ziemlich meine einzige Beschäftigung außer der Schule. Wenn ich nicht gerade Maschen zähle, denke ich an Jean Pierre – wo er sein mag und daß er bestimmt versucht, mir ein Lebenszeichen zu schicken. Und höre aus meinem Volksempfänger all die schönen Schlager, von Zarah: »Der Wind hat mir ein Lied erzählt« und »Ich kann nicht vergessen die Stunden des Glücks …« und weine vor mich hin.

3. Dezember 1944: Wir hatten jetzt oft Voralarm, heute zum ersten Mal wieder Hauptalarm, so daß wir in den Luftschutzkeller mußten. Da hat es mich beinahe umgehauen, als ich das Bett gesehen habe, wo … Das Tuch, mit dem J. P. mir damals das Gesicht abgewischt hat und … es lag in einem leeren Spankorb in Muttis Vorratsregal. Und unsere fette neue Arbeitsmaid, Sigi, hat sich auf das Bett mit der blau-weißkarierten Decke gefläzt.

5. Dezember 1944: Wenn bloß Vati keinen Weihnachtsurlaub bekommt! Der guckt mich schon seit Jahren immer so an, ob ich gewachsen bin, ob ich mich »entwickelt« habe. »Sieh mal an, kriegt unser Hühnchen jetzt Hühnerbrüstchen?« hat er vor drei Jahren gesagt. Ich wäre am liebsten im Boden versunken vor Scham. Mutti und Oma fällt, glaube ich, jetzt noch nichts an mir auf, weil sie mich täglich vor sich haben. Aber Vati, der merkt was, der hat mich dann über ein Vierteljahr nicht mehr gesehen. O Gott, was mach ich bloß!

7. Dezember 1944: Weihnachten bin ich voll im dritten Monat. Wenn Vati Urlaub bekommen sollte, lege ich mich einfach ins Bett und spiele krank. Ich muß es aber geschickt anfangen, so ein Auf und Ab, mal Fieber, mal keins, sonst holen sie, wenn's zu lange dauert, den Doktor. Lauter solche Gedanken, wie ich meine Familie überlisten und wie ich etwas verstecken kann. Ich bin schon halb zur Kriminellen geworden. Geklaut habe ich ja auch bereits.

8. Dezember 1944: Jean Pierre! Wo bist du, Jean Pierre? Wohin haben sie dich verschleppt? Gib mir ein Zeichen! Heute vor zwei Monaten warst du bei mir, ganz nahe bei mir, in mir. Ach, Jean Pierre!

12. Dezember 1944: Kohlenferien. Sie können die Schule nicht mehr heizen. Gott sei Dank, eine Tortur weniger. Ich versuche in meiner Dachstube den englischen Sender im Radio zu bekommen. Ich will wissen, was los ist an der Front. Vielleicht ist ja bald der Krieg aus, meine letzte Hoffnung! Ich sitze mit dem Ohr ganz dicht an der Stoffbespannung vom Lautsprecher. Auf das Abhören von Feindsendern steht Todesstrafe. Aber mir ist jetzt alles egal, auch wenn die mich umbringen. Vielleicht ist ja auch Jean Pierre längst tot – sonst hätte er mir doch auf irgendeine Weise ein Lebenszeichen gegeben.

16. Dezember 1944: Der Pullover ist fertig. Ich sehe darin aus wie eine Tonne, habe ihn aber dauernd an, so gewöhnen sich alle schon mal an den Anblick, ehe ich ihn zum Kaschieren benötige. Aber ich muß mir eine neue Beschäftigung suchen, ich halte das Nichtstun nicht aus.

21. Dezember 1944: Vati ist da. Ich muß ein Versteck für dieses Heft suchen, überlege noch, ob besser in meinem Zimmer, wo es aber kaum eine Möglichkeit gibt, oder irgendwo im Haus oder Keller. Dann könnte ich allerdings vorläufig nicht mehr dran und hätte wohl auch keine Ruhe, ob es nicht doch jemand findet per Zufall. Mein ganzes Leben besteht nur noch aus Angst und Verbergen und falschen Vorspiegelungen und Lügen und Heimlichkeiten. Vielleicht war auch meine Liebe nur Lug und Trug. Ich glaube an nichts mehr.

Bettina, schlaflos, überlegte, was sie an Stelle dieser armen Helga getan hätte. Es gab damals ja praktisch keinen Ausweg. Heute konnten die jungen Frauen wenigstens zu einer Beratungsstelle gehen, zu pro familia oder einer ähnlichen Einrichtung. Und die Gesellschaft akzeptierte im Großen und Ganzen uneheliche Kinder, allein erziehende Mütter. Wenn sie sich allerdings Gunter als Vater einer siebzehnjährigen Tochter vorstellte, schwanger, von einem Ausländer ... Hatte sich wirklich so viel geändert in den fünf oder sechs Jahrzehnten seither? Und wie war das eigentlich bei den Söhnen? Waren Jan und Piet richtig aufgeklärt? Hatten sie schon etwas mit Mädchen? Sie wusste so gut wie nichts mehr über die Zwillinge. Wann geschieht das eigentlich, unmerklich fast, dass die Kinder einem entgleiten? Sie sind zwar anwesend, aber wie hinter einer durchsichtigen Plastikfolie. Ist das in allen Familien so? Oder war sie einfach nur eine schlechte Mutter, ahnungslos wie ihre eigene ... Helga. Hatte Helga das Kind bekommen? Das wäre ja dann ... das wäre ja meine Halbschwester oder mein Halbbruder, dachte Bettina beinahe überrascht. Wie ist Helga in den Westen gekommen? Ist sie geflohen? Hat sie jemals diesen Jean Pierre wiedergesehen? Und später dann Leopold geheiratet. Der passt so gar nicht zu der früheren Geschichte. Bettina versuchte, sich ihre Eltern vorzustellen in der Zeit, als sie selbst noch ein Kind war. Die Mutter – stets mit frisch gestärkter Schürze, immer überfürsorglich mit einem sauberen Taschentuch in Reichweite für das Näschen der Kleinen, die in handgestrickte Jäckchen und Schals und Mützchen verpackt wurde, keine Bonbons essen durfte, wegen der Zähne, besonders die wunderbar ziehenden Kaugummis waren gänzlich verpönt ... Den Vater, der bei den sonntäglichen Spaziergängen sportliche Leistungen erwartete. Spring mal hier drüber! verlangte er und hielt seinen Krückstock quer über den

Weg. Etwas herrisch, aber stolz auf sein Kind. Unsere-Bettina-soll-es-mal-besser-haben. Später, als er dann sein Rentnerdasein auf der Küchenbank verbrachte, waren beide Eltern in Bettinas Erinnerung einfach nur noch mürrisch. Sie hatten sich nichts zu sagen. – Wie Gunter und ich. Viele Ehepaare kennen sich eigentlich recht wenig, stellte sie fest. Acht bis zehn Stunden täglich sind die Partner ein Leben lang getrennt gewesen, jeder mit anderen Leuten, anderen Problemen beschäftigt, und im Alter dann beide den ganzen Tag zusammen. Wie in einer Falle. In der Rentnerfalle ...

Bettina starrte ins Dunkel. Warum aber hatte die Mutter nach diesen langen stumpfen Jahren all die Sachen vom Vater aufgehoben? Aus Pietät? Als Zeugnisse vergangenen Lebens? Bedeutete das Tagebuch über die stürmische Jugendliebe ebenso wenig oder so viel wie die Zahnprothese des Ehemannes? Was war wichtig gewesen in diesem Leben und was nicht? Bettina schauderte. Und wie war es bei ihr selbst?

Die Mutter biss vorsichtig in ihr Frühstücksbrötchen. »Heute habe ich mein eigenes Gebiss drin, und nun passt das auch nicht mehr«, sagte sie grimmig. »Nun drückt das.«

»Vielleicht ist das jetzt nur ungewohnt«, tröstete Bettina. »Aber weil du nun selbst wieder von den Zähnen angefangen hast, muss ich doch einmal fragen, Mama: Warum hebst du eigentlich diese ganzen Sachen von Leopapa auf?«

»Ich weiß nicht, was du meinst. Das Gebiss, das war doch Zufall.«

»Na, zum Beispiel die Unterhosen und die Beinpro ...«

Bettina stockte. Um Himmelswillen nicht an den Platz der Tagebücher erinnern!

»Ja, warum. Gewohnheit. Und es ist ja auch schade um die Sachen. Wir in unserer Generation schmeißen nicht alles einfach so weg. Auf vieles hat man doch mühsam gespart, oder bei der Unterwäsche zum Beispiel, da hat man sich überlegt, nimmt man jetzt lieber zwei von den solideren oder den preiswerten Dreierpack ... Außerdem weiß ich nicht, wohin damit. Keiner will was haben. Nicht mal die Asylanten, das heißt, bei denen habe ich es noch nicht probiert, weiß gar nicht, wo die untergebracht sind. Jeder will nur neue Sachen ... Und das passt doch nicht alles in die Mülltonne ... Und oft ist mir so schlecht und mir tun auch die Knochen viel zu weh, um hier groß aufzuräumen.«

»Ich könnte dir helfen.«

»Ach was, wenn du hier herumwirtschaftest, finde ich hinterher überhaupt nichts mehr wieder.« Und nach einem kurzen Schweigen: »Und ich hab auch keine Lust, mich mit dem ganzen Kram noch mal zu befassen.«

Kram. Das war es, was vom Leben übrig blieb. Kram. Aber die Tagebücher, die Liebe zu Jean Pierre? Die Liebe überhaupt? Es musste doch noch irgend etwas geben, etwas das lohnt, bewahrt zu werden. Eine Spur. Es konnte doch nicht sein, dass nur die Künstler etwas für andere hinterließen, etwas, aus dem neues Leben entstand ... Liebe?

»Heute machen wir uns mal einen schönen Tag in der Stadt, was meinst du, Mama?«

Beim Eisessen auf einer Caféterrasse sagte Bettina: »Ich genieße das hier mit dir. Wie Ferien. Zu Hause ist alles so geregelt, seit Gunter in Rente ist.« Sie seufzte.

Die Mutter sah sie zum ersten Mal seit langer Zeit mit einem gewissen Interesse an.

»Hm. Ja. Dafür bist du eigentlich noch nicht alt genug.« Sie schüttelte den Kopf und schien nachzudenken. »Aber dein Mann kann sich ja wohl beschäftigen. Der ist doch intelligent.«

»Du warst auch ziemlich viel jünger als Leopapa. Wie hast du das denn damals gemacht?«

Die Mutter dachte einen Augenblick nach. Dann sagte sie mit überraschender Offenheit: »Jedenfalls falsch. Ich hätte wieder arbeiten sollen. Ich war ja noch keine fünfzig.« Sie starrte auf eine Gruppe junger lachender Frauen am Nebentisch. »Als er in Rente ging, und du wolltest ja dann auch bald nicht mehr viel von uns wissen ... na ja, da war dann alles rum.«

Sie kratzte ihren Eisbecher mit dem langen Löffel aus und leckte diesen gründlich ab.

Bettina schwieg, legte eine Hand auf die der Mutter, die ihre nicht sofort wegzog. Bettina spürte, wie ihr die Traurigkeit im Gesicht weh tat, um die Augen herum. Eine allgemeine Traurigkeit.

Eine Spur von Nähe blieb, als sie sich später auf dem Nachhauseweg unterhakten.

Und als Bettina am Nachmittag aufbrach, küsste die Mutter sie auf die Wange und sie lächelten sich an.

»Mach's gut.«

»Ja, du auch. Und pass auf dich auf.«

Und nun Roberto. Er sprang auf, als sie die Tür öffnete, kam rasch um den langen Holztisch herum auf sie zu, umfasste ihre Schultern und rief: »Tina! Nein, sehen Sie süß aus!« Und küsste sie leicht neben den Mund. Sie erkannte sofort seinen Geruch, sog ihn ein, strahlte. Dass sich irgend jemand über ihr Kommen freute, hatte sie seit vielen Jahren nicht mehr erlebt – seit die Kinder noch klein waren wahrscheinlich. Den kurzen Jeansrock hatte sie beim Abschied von der Mutter unter dem Regenmantel verborgen. Vermeide unnötige Debatten! Das war schon fast ihr Lebensmotto geworden. Es war Sommer, und sonnengebräunt sah sie eigentlich noch recht annehmbar aus, hatte sie vor dem Spiegel selbst festgestellt.

Jetzt blickte sie auf die leeren Wände rundum. »Was ist denn los hier? Ich bin doch gekommen, um Kunst zu sehen.«

»Na, so ein Pech! Und nun bin bloß ich da.« Sie lächelten beide etwas angespannt. »Wir bereiten gerade die nächste Ausstellung vor«, erklärte er. »Die Kisten sind vorhin erst gekommen, sie stehen noch hinten. Fotos von Helmut Newton. Wollen Sie etwas davon sehen?

Dann könnten wir anfangen, sie zusammen auszupacken.«

Helmut Newton. Der weltberühmte Aktfotograf. Gut, dass sie den Ausstellungskatalog der Neuen Berliner Nationalgalerie zu seinem achtzigsten Geburtstag schon in Max' Hinterstübchen durchgeblättert hatte und ungefähr wusste, was auf sie zukam.

Roberto schloss die Galerietür ab und befestigte von innen ein Schild an der Glasscheibe: Wegen Ausstellungsvorbereitung geschlossen. Vernissage Freitag 19 Uhr.

»Sie sind doch dann noch hier?«

»Ich fahre heute Abend.«

»Kann man das nicht verschieben?«

»Nein.« Ihre freudige Stimmung war weggewischt. Wie aufregend müsste das sein, hier einmal eine Ausstellungseröffnung zu erleben. Und stattdessen ... Er sah sie aufmerksam an. »Sie eilen, scheint's, von einer Verpflichtung zur anderen. In Hannover die schwierige Mutter, und da unten – wer wartet eigentlich da unten in Süddeutschland?«

»Ach, lassen wir das jetzt. Ich bin froh, dass ich hier bin.«

»Ich habe nicht einmal Ihre Adresse.« Setzte er das zart rollende R eigentlich bewusst ein? Er legte ihr eine Hand auf die Schulter. Sie wendete den Kopf weg.

»Gibt's heute keinen Tee?« Sie wollte das Auspacken der Fotos noch etwas hinausschieben.

»Doch, natürlich, kommen Sie.« Er ging in den hinteren Galerieraum voran. Dort sah sie sich um. Ein hohes Regal, in dem auf Keilrahmen gespannte oder gerahmte Bilder dicht an dicht aneinander gelehnt standen, links ein Tisch mit Bergen von Papierkram, ein Computer, Telefon, darüber Bretter, auf denen Plastiken, Bücher, Weingläser standen. Ein Drehstuhl, eine hohe Metallkommode mit flachen Schubladen. Auf dem Fensterbrett Teebüchsen, ein Wasserkocher, Tassen, darunter ein kleiner Kühlschrank, rechts eine schmale lederbezogene Bank. Bettina ließ sich darauf nieder.

Als Roberto den Tee aufgegossen hatte, zog er den Drehstuhl heran, stellte die Tassen auf einem Hocker daneben ab und setzte sich ihr gegenüber. Sein Blick glitt über ihr Gesicht, über Hals und Schultern, über die kleinen Brüste in der ärmellosen blau-weiß getüpfelten Bluse, zu den glatten sonnenbraunen Knien unter dem kurzen Rock.

»Wie kommt es, dass Sie so schön geworden sind? Verliebt?«

Sie schluckte. Wie er auf so etwas komme? Quatsch. Vielleicht, weil Sommer sei.

Er war ihr sehr nahe in dem kleinen, vollgestellten Raum. Sie sah den dunklen Rasurschimmer auf seiner Oberlippe und den Wangen, hatte seinen Geruch nach Zigaretten und ein bisschen nach Schweiß in der Nase, wollte Abstand gewinnen. »Voriges Mal habe ich so viel von mir und meiner Mutter erzählt«, sagte sie. »Jetzt sind Sie dran. Aus welchem Land stammen Sie eigentlich?«

Er richtete sich auf, jetzt plötzlich ernst, goss Tee ein. »Ich bin Chilene.« Er lehnte sich zurück und begann in fließendem Deutsch, aber mit leichtem Akzent, von seiner Kindheit in Chile zu erzählen, von seinem wunderbaren Vater, der Arzt und ein Freund von Salvador Allende gewesen und wie der sozialistische Präsident bei dem von den Amerikanern unterstützten Militärputsch 1973 umgebracht worden war.

Roberto stand auf und sah eine Weile durch das ungeputzte Fenster in den schattigen Hof.

Bettina wusste so gut wie nichts über die politischen Ereignisse von damals, hatte sich überhaupt nie für Politik interessiert, und schon gar nicht für die auf anderen Erdteilen. Täglich sah sie zwar, neben Gunter auf der Couch sitzend, in der Tagesschau, mit erschreckender Selbstverständlichkeit, wie ihr manchmal bewusst wurde, Bilder von irgendwelchen blutigen Auseinandersetzungen, aber das war doch immer alles sehr weit weg, sozusagen in einer anderen Welt, einer unbegreiflichen Männerwelt der Unvernunft und Brutalität. Es verwirrte sie, dass jemand, mit dessen Sohn sie hier im selben Zimmer saß, offenbar für seine Überzeugung gestorben war. Sie betrachtete Robertos Rücken, sein dichtes, langes weißgraues Haar, die geraden Schultern, die schmalen Hüften in den schwarzen Jeans. Sie hätte gern den Arm um ihn gelegt.

Roberto drehte sich um und setzte sich wieder und erzählte weiter. Seine Mutter, eine Schauspielerin, war zunächst mit ihm – er war damals zwölf – außer Landes gegangen, später jedoch wieder nach Chile zurückgekehrt, obwohl sie das neue Regime hasste. Sie brauchte die Sprache, die Freunde, das Land. Aber Roberto ging als Heranwachsender wieder nach Europa, wurde von Verwandten, Exilchilenen, und ihren deutschen Freunden unterstützt. »Von Felix Giltemeier zum Beispiel.« Er studierte, jobbte, schrieb für Zeitungen, arbeitete auch mal beim Film, verbrachte ab und an ein paar Wochen oder Monate in der alten Heimat.

»Und nun packt der Held der Geschichte mit der schönen Tina in einem hannöverschen Hinterzimmer Fotos von Helmut Newton aus«, sagte er lächelnd und stand auf.

Die Versandbehälter waren bereits geöffnet, und er begann, das erste, durch ein Passepartout geschützte Blatt aus seiner Folie zu schälen, und legte es vorsichtig auf die hohe Grafikkommode. Bettina stand auf, trat zögernd neben ihn und unterdrückte ein Kichern. Gerhard Schröder! Er stand auf dem Foto in elegantem Zweireiher, einen Fuß im blank gewichsten Schuh etwas vorgestellt, einen Koffer in der Rechten, auf geborstenem Asphalt in einer Nische, die von einem Gebäudevorsprung gebildet wurde. Er blickte etwas traurig drein, irgendwie eingeengt.

Roberto fasste sie am Nacken und drehte sie zu sich her. »Sie hatten ein Aktfoto erwartet und das war Ihnen ein bisschen peinlich, stimmt's?« Er ließ sie gleich wieder los.

»Aber Helmut Newton, dieser Hexenmeister, kann eben auch andere Porträts.«

»Irgendwie scheint dem Mann nicht ganz behaglich zu sein.«

»Da ist mehr Gerhard Schröder drin, als er selber weiß. Die Arroganz gepaart mit einer kleinen Portion Angst.«

»Dass er den Koffer dabei hat, finde ich gut. Ein bisschen so: Ich will hier weg!«

Roberto lachte. Während sie noch das Foto betrachtete, wendete er sich wieder der Kiste zu, hob ein paar verpackte Blätter heraus, sah auf die Aufkleber mit den Titeln und Nummern.

»Weitere Porträts? Sind Sie ein Fan von Claudia Schiffer?«

»Nicht unbedingt.«

»Sehen Sie sich dieses Bild an.« Bettina beobachtete lächelnd, wie er Schröder mit Seidenpapier bedeckte und Claudia darauf legte.

Sie saß in einer hellblauen, paillettenbestickten Tüllwolke mit schräg geneigtem Kopf und geöffneten Lippen vor einer Barockkirche. Das sorgsam-natürlich wallende Blondhaar ließ die schweren Ohrgehänge frei. In den weiß behandschuhten Händen hielt sie ein rot gebundenes Liederbuch.

»Es ist ein Modefoto für Vanity Fair, eine Auftragsarbeit wie viele von Newtons Bildern. Aber es ist darüber hinaus noch etwas anderes, finde ich.«

Bettina betrachtete es nachdenklich.

Er ereiferte sich beinahe: »Ich kann einfach nicht sehen, was an diesem Mädchen – damals war sie erst knapp zwanzig – erotisch sein soll. Kein Faden ist an ihr natürlich.«

»Na, das hat dann der Newton aber doch so gewollt.«

»Sicher, er wendet sich ja an eine bestimmte Gesellschaftsschicht, und die ist genau so.«

»Sogar Unschuld wird gestylt. Übrigens ist das Mieder zu eng. Das muss doch kneifen, so quer über dem quellenden Busen.«

Roberto kicherte. »Ja. Man möchte sie befreien. Ritsch, ratsch. Aber ich bezweifle, dass sie das angestrebt hätte.«

»Vielleicht ist das überhaupt der Sinn? Dass sie da unerreichbar sitzt mit ihrem Liederbuch.«

»Hm. Nicht schlecht ... Die Betrachter könnten in Wirklichkeit gar nichts mit ihr anfangen und sie will schon gar nichts von ihnen.«

»Es wird alles nur dargestellt. Ein Wunschbild vom Wunschbild sozusagen.« Sie war selbst ein bisschen erstaunt, was ihr im Gespräch mit ihm einfiel.

»Weitere Modebilder?«

»Ja. bitte.«

Er packte das nächste Foto aus.

Men's Fashion: In einem lichten Laubwald, wohl an einem Seeufer, steht ein sauber gescheitelter Herr im schwarzen Anzug, Hemdmanschette und -kragen blütenweiß, in scharfem Linksprofil. Im Hintergrund wartet ein Rolls-Royce. Der Mann blickt auf eine rothaarige Frau, die mit gekreuzten Füßen an einem Baumstamm lehnt und den dunkelbraunen Innenpelz ihres Mantels weit öffnet. Bis auf die roten Pumps ist sie vollkommen nackt. Sie sieht ihn – abwartend oder abschätzend? – an.

Blickt er streng oder begehrlich? Sie waren sich nicht ganz einig.

»Männer können auch beides zugleich sein«, sagte Bettina.

»Ach? Schau hier, es gibt die gleiche Szene in Schwarz-Weiß.«

»Ah, da guckt sie verführerischer – oder ergebener? Und er neigt ein bisschen den Kopf, steht nicht ganz so stramm wie auf dem ersten. Aber auf dem Farbfoto ist ihr linker Arm halb aus dem Ärmel gerutscht, also ist es das spätere.«

»Aber Tina! Sie denken sich eine fortlaufende Geschichte aus. Vergessen Sie nicht: Bei solchen Aufnahmen arbeiten die Stylisten und die Models auf Befehl des Fotografen.«

Was sie gesagt hatte, war ihr jetzt peinlich, als hätte sie ihm einem Verführungsakt beschrieben.

»Klar. War nur Blödsinn. Newton hat den Mann ja auch die schwarzen Lederhandschuhe anziehen lassen, ist Ihnen das aufgefallen? Lachhaft. Im Frühsommer.«

»Und in dieser Situation.«

»Eben. Jetzt verstehe ich das Ganze überhaupt erst. Sie klappt ja gar nicht ihren, sondern einen Herrenmantel auf. Sämtliche gezeigte Kleidungsstücke gehören zu Max Schmid Fashion 1995, Herrenmode.«

»Bis auf die roten Pumps.«

»Allerdings. Super gemacht.« Sie lachten beide.

Bettina hatte nun keine Scheu mehr vor dem gemeinsamen Betrachten der Aktfotos. Und Roberto enthüllte gleich das nächste: Ein brav angezogener Mann sitzt mit gefalteten Händen auf einem Bett vor einer Rosentapete und schaut beinahe hilflos – anbetend? flehend? – einer stehenden Frau in die Augen, die mit hinter dem Kopf verschränkten Armen ihren vollen Busen, ihren makellosen Körper samt dunklem Achsel- und Schamhaar seinen Blicken preisgibt. Knistert über das altmodische Nachtschränkchen mit Stehlampe hinweg Spannung? Die Szene ist nicht ganz frei von Lächerlichkeit.

»Hier wird nun aber wirklich eine Geschichte erzählt, oder?«

Roberto sah Bettina von der Seite an. »Manche Leute sind der Ansicht«, sagte er, »Helmut Newton verachte die Frauen. Besonders Feministinnen sehen ihn als schamlosen Ausbeuter des Frauenkörpers als Sexualobjekt.« Bei dem Wort Frauenkörper rollten die R's gleich mehrfach. »Finden Sie das auch?«

»Der Mann sieht ja eigentlich nicht gerade beneidenswert aus. Ich denke eher, dass hier die Frau die Bedingungen stellt. Und durch die spießige Tapete bekommt das ganze einen gewissen Humor.«

»Genau. Erinnert mich ein bisschen an Botero. Da gibt's so eine riesige dicke Frau mit einem winzigen Männchen. Ganz anders, aber irgendwie eine verwandte Sichtweise.«

Botero war ihr bei ihrem wild wachsenden Studium noch nicht untergekommen. Also den Namen merken.

Er legte das nächste Blatt auf. »Und wie steht's mit dieser?«

Eine durchtrainierte blonde Nackte mit erhobenen Armen, auf höchsthackigen Pumps, in einem Kellerraum vor zwei riesigen Waschmaschinen.

Bettina zögerte. Dann sagte sie möglichst sachlich: »Sie hat scheint's ihre Kleidung gerade in der Maschine und nichts zum Wechseln dabei, die Ärmste.«

»Es gefällt Ihnen nicht? Komisch. Mich macht es an. Die unerwartete Nacktheit im Arbeitsbereich, die hat Newton öfters gereizt.« Er warf ihr einen neugierigen Blick zu.

»Es hat keine Seele«, sagte sie. Roberto legte eine Hand auf ihren Rücken.

»Du hast recht. Du bist einfach erstaunlich.« Er küsste sie leicht auf die Schläfe, redete aber weiter. »Es gibt übrigens noch kältere Blätter als dieses. Manchmal sind seine Nackten buchstäblich an den Haaren herbeigezogen, hinein in ein technisches Ambiente. Felix Giltemeier hat darauf bestanden, auch diese VW-Werbefotos für den New Beetle, Milano 1999, in die Ausstellung zu nehmen, auf denen sich eine mäßig schöne nackte Frau vor einem mäßig schönen Käfer wälzt. Sie seien unverzichtbar, meint Felix, wegen der Nachbarschaft Hannover–Wolfsburg. Wahrscheinlich hat er für diesen aggressiven Unsinn schon das Büro von einem VW-Boss im Auge ... Und auf der andern Seite kann der Newton dann wieder so entspannt sein. Schau dies an, seine Frau, 1972.«

June, mittleren Alters damals, steht hinter einem Tisch mit abgegessenem Teller und halb ausgetrunkenem Weinglas in der Küche – man erkennt seitlich im Hintergrund einen Herd. In der linken Hand hält sie eine Streichholzschachtel und blickt auf das flammende Streichholz in ihrer erhobenen Rechten, mit dem sie sich gerade eine Zigarette angezündet hat. Der Ausschnitt ihres Schalmantels ist auseinander gefallen und gibt ihre vollen, weichen Brüste frei. Das Licht schimmert auf der Hand, dem Gesicht mit der Zigarette zwischen den Lippen, auf den Innenseiten der Brust.

Bettina ließ sich ganz in die Intimität dieser Szene ziehen.

»Er muss sie sehr geliebt haben damals«, sagte sie nach einer Weile. »Das war das schönste Bild von allen. Und jetzt muss ich gehen.«

Sie standen sich dicht gegenüber.

»Nein«, sagte Roberto. »Ich möchte, dass du bleibst.«

Sie sahen sich an. Vorsichtig, liebevoll knöpfte er ihre Bluse auf, schob sie über die Schultern herunter und betrachtete ihre Brüste. Er legte die Hände darauf, beugte sich vor und küsste sie auf den Mund. Seit vielen Jahren war sie nicht mehr richtig geküsst worden. Sie schlang die Arme um seinen Hals, ihre Hände glitten über seine Schultern, seinen Rücken. Wie gut und fest er sich anfühlte. Sie wollte immer weiter so geküsst werden.

Da schrillte das Telefon. Roberto ließ es mindestens fünf mal läuten, dann ergriff er den Hörer, versuchte mit der andern Hand den Knopf über dem Reißverschluss ihres Rockes zu öffnen.

»Ah, Felix ... Nein, ich habe erst einen Teil ausgepackt ...«, sagte er mit hochgezogenen Brauen und zog ihre Bluse aus dem Rock, hielt sie sich vors Gesicht und sog den Duft ein. »Sehr reizvoll alles bisher ... Ich habe eine Kundin hier ... Die Frau, die sich damals für den Shapiro interessierte ... Hm, vielleicht ... Ich werde mein Bestes tun.« Er starrte auf Bettinas leicht geöffneten Mund. Sie sah seine Zungenspitze. »Nein, du solltest unbedingt erst morgen kommen.« Er zog ihren Reißverschluss auf und schob mit der linken Hand den Rock nach unten. »Ich bereite hier alles vor ...« Er lächelte amüsiert. »Si ... Adios.«

Sie stand in ihren weißen Pants mit breitem Spitzenrand vor dem überbordenden Schreibtisch und kreuzte die Arme über der Brust.

»Komm«, sagte er und nahm sanft ihre Hände. »Lass dich anschauen.« Er streifte das Höschen herunter, trat zurück und atmete tief.

»Du sonnst dich im Bikini?« Er fuhr mit dem Mittelfinger über den hellen Hautstreifen auf ihrer Brust.

»Das sieht blöd aus, nicht?«

»Wieso? Soll ich raten? Kleinstadtschwimmbad? Sieht doch lustig aus. Ich finde es süß. Besonders da unten.« Er zog sie an sich. Sie wollte wieder seinen Geschmack im Mund. Sie spürte sein Gürtelschloss auf ihrem nackten Bauch. Er schob sie zur Sitzbank. Sie fühlte unter ihren Schenkeln das kühle Leder ...

Jetzt stand er vor ihr, legte, sie weiter anschauend, seine Brille auf den Schreibtisch hinter sich. Sie hielt den Atem an. Sein Körper, glatt und bräunlich, dicht vor ihren Augen ... Jetzt ...

Nachdem er sie, als sie sich ankleidete, erneut heftig von hinten umarmt hatte und dann hinausgegangen war, sah sie sich im Raum noch einmal um, beugte sich über June's Bildnis, klopfte mit der flachen Hand vorsichtig auf das Passepartout und flüsterte: »Danke, Mister Newton.«

In dem leeren, fremd, fast etwas traurig wirkenden Ausstellungsraum nahm Roberto sie in die Arme. »Komm wieder, Tina.« Er hielt ihren Kopf zwischen seinen Händen. »Versprichst du es?«

»Aber ja.« Und im Bemühen, nicht sentimental zu werden: »Schon aus eigenem Interesse.«

Er lachte und schloss die Tür auf. Während sie, leicht benommen, die Stufen hinab auf die Straße trat, in den hellen Sommerabend hinein, hörte sie, wie das Eisengitter hinter ihr herunterrasselte.

Als Bettina auf Zehenspitzen und bereits im Nachthemd das Schlafzimmer betrat, hatte Gunter nur unwillig gebrummt: »Na, kommst du auch endlich nach Hause. Wird ja Zeit.« Dann hatte er sich auf die andere Seite gewälzt und weiter geschnarcht.

Bettina lag mit offenen Augen. Das Heitere neben dem Grausamen. Ja – und die Liebe neben dem ... Nein, das durfte sie nicht zu Ende denken. Sie wollte sich einfach nur an die Liebe erinnern. Roberto. Die schmalen, trockenen Hände, der Mund ... Nichts anderes wollte sie denken, nicht, was daraus werden sollte, nicht an die kommenden Wochen und Monate ohne ihn. Das

Glück sollte sich nicht gleich verflüchtigen im Alltag. Roberto.

Jede Nacht lag sie nun so neben Gunter, viele Stunden schlaflos. Manchmal lächelte sie im Dunkeln, manchmal liefen Tränen seitlich an ihren Schläfen herunter auf das Kopfkissen, manchmal hielt sie ihre Brüste umfasst, und ihre Lippen formten Küsse.

Auch Gunter schlief oft unruhig. Er knirschte mit den Zähnen, schimpfte gelegentlich undeutlich drohend im Traum. Einmal schrie er um Hilfe. Bettina weckte ihn und klopfte beruhigend seine Hand. Er klammerte sich an sie.

»Was ist?« fragte er schlaftrunken.

»Du hast um Hilfe gerufen.«

»Ja. Es war ... Seltsam ... mir steht mein –«

Er hielt sie gepackt und drang in sie ein. Sie ertrug es, war dankbar für die Dunkelheit, so konnte er ihr Gesicht nicht sehen, in dem sich alles schmerzhaft zusammenzog wie in ihrem Körper. Aber wahrscheinlich hätte er auch bei Lampenlicht gar nicht hingeschaut, dachte sie. Als es vorbei war, schlief er sofort ein, atmete ruhig. Bettina versuchte, sich Robertos Gesicht vorzustellen, zum ersten Mal vergeblich. Hinter ihren geschlossenen Lidern drehten sich helle Kreise. Sie hielt sich die Hand vor den Mund, damit das Schluchzen nicht zu hören war.

Schon in der ersten Woche nach Gunters Eintritt in den Ruhestand hatte Bettinas Tageslauf angefangen sich zu verändern, bereits vom ersten Tag an eigentlich. Gunter war zu seiner gewohnten Zeit um sechs Uhr dreißig aufgestanden, hatte sich angezogen und blieb nun am Tisch sitzen, als die Zwillinge nach ihrem hastigen Frühstück das Haus verlassen hatten. Dies war bisher die halbe Stunde gewesen, in der Bettina, außer an ihren Bildertagen natürlich, noch eine Tasse Tee trank, die Zeitung überflog, die Küche aufräumte und sich dann duschte und ankleidete. Nun saß Gunter dort an ihrem Platz. Sie deckte den Tisch ab und ließ seine Tasse stehen.

»Möchtest du noch Kaffee?« Er nickte. Sie goss ein und verließ die Küche. Als sie zurückkam, blickte er von der Zeitung auf und sagte: »Hier muss mal der Boden geputzt werden, scheint mir.«

»Das tue ich jeden Mittag nach dem Essen.«

»Ja?«

Er stand auf, öffnete eine Tür in der Küchenzeile, schloss sie wieder, fand den Besenschrank, nahm den Besen heraus und begann zu kehren. Wortlos schaute sie seinen unbeholfenen Bewegungen zu. Er fing an, die Stühle hochzustellen. Sie ging ins Schlafzimmer, um die Betten auszulegen.

Gunter nahm die Gewohnheit an, täglich durch das ganze Haus zu gehen.

»Hier muss wohl mal einiges auf Vordermann gebracht werden«, sagte er. »Die Frage ist, gehen wir von oben nach unten vor, oder fangen wir mit dem Keller an?«

Den ersten Krach mit den Jungen gab es, als er in ihrem Arbeitsraum ein altes Poster von der Wand gerissen hatte.

Piet rannte ins Wohnzimmer. »Wo ist das Poster mit Marylin Manson?« rief er wütend.

Der Vater stand von seinem Sessel auf. »Wo es hingehört. In der Mülltonne.« Er schob Piet vor sich her. »Oder ist dieser Widerling mit seinem Glasauge euer Idol? Wieso heißt der Marylin? Ist der auch noch schwul?«

»Was hast du überhaupt in unserm Zimmer zu suchen?« schrie Piet mit funkelnden Augen.

»Ihr müsst euch wohl erst mal wieder daran gewöhnen, dass ich hier der Herr im Haus bin, mein Junge.« Gunter sah sich um, fegte mit der Hand einen unordentlichen Stoß Hefte von Jans Arbeitstisch. »Räumt erst einmal euren Saustall hier auf, ehe du den Mund aufreißt.«

Das Poster mit Madonna hatte er immerhin hängen lassen.

Bettina hatte das Ganze nur halb mitbekommen, sie war auf dem Weg zum Keller, um dort die Fenster zu putzen. »Da kann man ja nicht mehr durchgucken«, hatte Gunter gesagt. Das hatte ja eigentlich auch niemand vor.

Tagelang überlegte sie, wie sie es bewerkstelligen könnte, nicht im gewohnten Zwei-Monats-Rhythmus nach Hannover zu fahren, sondern früher zu entkommen.

»Mama hat angerufen«, sagte sie eines Vormittags zu Gunter, der gerade den Kofferraum des Audi entlud. »Mama muss zu einigen Untersuchungen, und ich soll sie begleiten.«

»Ich war im Bauhaus. Fass mal mit an.« Gunter stellte mehrere Kübel in die Einfahrt und wuchtete eine große Rolle hoch.

»Du kannst jetzt hier nicht weg. Was hat sie denn schon wieder?«

»Ach du weißt doch, Herz und Rheuma, und seit längerer Zeit auch noch etwas am Magen.«

»Aber an den Füßen hat sie nichts? Nein? Dann könnte sie doch vielleicht allein zum Doktor gehen? Ab morgen wird hier renoviert.«

»Renoviert? Jetzt? Aber, Gunter, davon hast du nichts gesagt! Das stand doch noch gar nicht fest.«

»Du siehst ja wohl selbst, dass es nötig ist.«

»Aber das hat doch nun wirklich noch Zeit, bis ich zurück bin. Lass uns alles zusammen überlegen, einen Plan machen, wann und wo wir anfangen, die Tapeten aussuchen, die Farbtöne. Ich hätte gern alle Wände in einem leicht gebrochenen Weiß und das Holzwerk ...«

»Die Tapeten sind bereits ...«

»Ich bin ja nur drei ... na, sagen wir vier Tage weg«, verbesserte sie sich. Sie musste mehr Zeit für Roberto haben. »Vielleicht werden es auch fünf, je nachdem wie Mamas Arzttermine liegen.«

Sie wollte Roberto erst anrufen, wenn alles feststand, von der Telefonzelle aus. Zu Hause hatten sie dieses Abrechnungssystem der Telekom, in dem jede Telefonnummer aufgeführt wurde, wie in Gunters Firma. Er musste ja genau wissen, wie die Kosten zustande kamen. Sie durfte aber im Dorf nicht öfter beim Telefonieren gesehen werden. »Ist euer Telefon kaputt?« hatte schon eine Nachbarin gefragt. Sie hatte die Mutter angerufen und über ihr baldiges Kommen informiert. Anschließend hatte sie sofort die Nummer der Galerie gewählt. Auf dem Beantworter hörte sie Robertos Stimme mit der Nachricht, dass die Galerie zur Zeit nicht geöffnet sei. Es folgte die Angabe der Faxnummer und die Bitte, in dringenden Fällen den Privatanschluss von Felix Giltemeier soundso soundso zu wählen.

Es war aufregend gewesen, Robertos Stimme zu hören, diese melodische Stimme mit den rollenden R's. Es klang, als habe er sich besondere Mühe gegeben, ihr ein sinnliches Timbre zu verleihen. Aber Bettina war sehr enttäuscht und beunruhigt. Wieso war niemand in der Galerie? War Roberto vielleicht gar nicht in Hannover? Doch blieb sie fest entschlossen, bald zu flüchten.

»Es wäre sowieso besser, erst später mit dem Renovieren anzufangen«, sagte sie jetzt und nahm Gunter einen Karton voller Dosen ab. »Wenn die Jungen Ferien haben, könnten sie ein bisschen helfen.«

»Piet und Jan? Gleich vier linke Hände!« Gunter lachte über seinen Witz, den er übrigens nicht zum ersten Mal machte.

»Ich dachte, vielleicht beim Möbelrücken und solchen Dingen ... Also, ich muss jedenfalls zu Mama«, setzte sie energisch hinzu.

Sehr überlegt traf sie die Vorbereitungen für eine fünftägige Abwesenheit. Gunter sollte möglichst wenig zu bemängeln haben. Die Zwillinge wollte sie dieses Mal etwas mehr in den Haushalt einspannen. Sie waren in der Küche bisher nicht weit über das Aufbacken einer Pizza hinausgekommen. Bettina legte zwei Einkaufszettel an und erklärte Jan, wie die Waschmaschine und der Trockner funktionierten und insbesondere, nach welchen Gesichtspunkten man vorher die Wäsche sortieren musste.

»Sag mal, planst du eine Weltreise?« fragte er.

»Ach, ich finde, es kann nichts schaden, wenn ihr etwas selbständiger werdet.«

»Hm.« Er musterte sie aufmerksam und etwas ängstlich.

Am Samstag früh, als ihr das Geräusch des Rasenmähers die Sicherheit gab, dass Gunter sich im Garten aufhielt, stieg sie auf den Dachboden und holte den Katalog aus der alten karierten Reisetasche, in der sie ihn vor Monaten versteckt hatte. Shmuel Shapiro, mit dem alles angefangen hatte: Das Aufwachen sozusagen. Die Entdeckung, wie wunderbar es ist, dass es Bilder gibt. Und die Liebe zu Roberto. *Entrance to Paradise* ... Und das Lügen. Sie las die Widmung: Bitte wiederkommen! R. P. Ja, sie würde kommen. Der Katalog hatte bei Gunters Aufräumwut hier oben keinen sicheren Platz mehr. Sie überlegte, ob sie ihn zu Gabi bringen sollte, zu der fülligen Kunsterzieherin aus dem Chor, Gabi mit den roten Dürer-Locken und den losen Gewändern, die in der Stutenpferchstraße wohnte. Ihrem Wesen nach passte sie eigentlich eher in die Rieslingstraße, fand Bettina, die sich auch nach siebzehnjähriger Zugehörigkeit noch immer an den phantasievollen Straßennamen in Stupferich freute. Sie selbst fühlte sich in der Gänsbergstraße am richtigen Platz. – Also, konnte solch eine fröhliche Frau wie Gabi begreifen, dass Bettina einen harmlosen Ausstellungskatalog vor ihrem Mann verstecken musste? Gabi würde ihn und Bettina für verrückt halten. Mit Recht. Sie war auf dem besten Wege verrückt zu werden. Spaltungsirresein. Stunden voll Freiheit und Leichtigkeit – Wochen des Gefangenseins und der Trauer.

Sie steckte das Buch in eine Plastiktüte und legte es in den Koffer für Hannover unter die beiden Beutel, in denen sich ein langer, geschlitzter Rock und hochhackige Sandaletten befanden – alles brandneu aus dem Schlussverkauf.

Bettina atmete tief auf, als sich der Zug in Bewegung setzte. Sie saß mit geschlossenen Augen und stellte sich Roberto vor, wie er »Tina!« rufen und durch die Galerie auf sie zukommen und sie umarmen würde. Und küssen. Und sie dachte an die Mutter, ob sie dieses Mal mehr über ihr Leben erfahren würde, in dem es so viele Heimlichkeiten gegeben hatte wie jetzt in ihrem eigenen. Und dann dachte sie wieder an Roberto, an die Geste, mit der er seine Brille abnahm, ehe ...

In Frankfurt – das war immer wie ein Reflex – blickte sie aus dem Fenster auf der Suche nach ihrer Reisegefährtin von damals, an die sie immer wieder gedacht hatte, diese Frau, die so frei und sicher gewesen war.

Auch sie hatte auf eine unbestimmte Weise mit dem Beginn ihres neuen Lebens zu tun.

Und da stand sie tatsächlich! Neben der Abfahrttafel, in einem hellen verknitterten Leinenanzug, eine große Tasche über der Schulter. Bettina klopfte heftig ans Fenster, wurde sich sofort der Sinnlosigkeit ihres Tuns bewusst, ergriff ihre Jacke und ihren Koffer, riss die Abteiltür auf, drängte sich auf dem Gang an den protestierenden Eingestiegenen in Gegenrichtung vorbei, sprang auf den Bahnsteig, teilte mit den Armen eine Gruppe zwitschernder Japaner und blieb atemlos vor der Frau stehen.

»Kennen Sie mich noch?«

Die Andere stutzte, musterte sie, lächelte freundlich, aber etwas unsicher.

»Wir haben uns im Februar im Zug kennen gelernt«, erklärte Bettina.

»Ja, natürlich! Sie haben sich aber ziemlich verändert. Was ist passiert?«

»Ich ... Haben Sie etwas Zeit?«

Die Frau sah auf die Uhr und dann auf den Fahrplan, vor dem sie stand. »Ich wollte gerade ...«

»Ich habe noch oft an Sie gedacht, ich ...«

»Ich habe mich auch an Sie erinnert, als ich den Film entwickelte.« Sie sah noch einmal auf die Uhr. »Ich könnte auch später fahren.«

Nun saßen sie sich in einer Cafeteria gegenüber.

»Nehmen wir einen Prosecco?«

»Am helllichten Vormittag?«

»Wann sonst? Ist zwar mehr so ein Schickimicki-Trank, finde ich. Aber jetzt würde er ganz gut passen.«

Sofort war die Vertrautheit wieder da. Endlich erfuhren sie gegenseitig ihre Namen. Die Frau hieß Judith Morau.

Sie stellte nur wenige Fragen. Bettina erzählte ihr alles, überströmend einfach alles, was sie in den letzten Monaten erlebt hatte, alles, was sie niemandem hatte sagen können, auch aus früheren Jahren.

»Sie schwindeln also ziemlich viel«, konstatierte Judith. Ab und zu schien sie sich verwundert zu amüsieren: »Aber das kann doch nicht wahr sein, dass die Söhne täglich beim Schuhe putzen auch die Sohlen bürsten und den Steg polieren mussten?«

»Doch! Natürlich! Und später die Turnschuhe waschen. Bis sie sich vor zwei Jahren oder so einfach geweigert haben. Und die Schuhe wurden dann über Haken im Keller gehängt, die er eigens dafür angebracht hat. Er ging kontrollieren.«

Judith schüttelte den Kopf. »Männer!«

»Es gibt auch andere.«

»Ja, ja. Schon verstanden. Chilenen zum Beispiel. Südamerika ist ja weltweit bekannt dafür, dass es dort keine Machos gibt.«

Inzwischen hatten beide auf ihre Armbanduhren gesehen und festgestellt, dass ihre nächsten Züge gerade weggefahren waren.

»Egal. Noch ein Glas?« Sie stießen an und duzten sich von jetzt an.

»Erzähl weiter. Und du hast wirklich noch nie eine Videoinstallation gesehen? Ihr habt doch da in Karlsruhe seit mehreren Jahren das ZKM?«

»Als ich neulich endlich hinein wollte, hatten sie zu. Die öffnen erst um elf.«

»Da haben wir ja noch einiges nachzuholen. Wollen wir nachher gleich ins Museum für Moderne Kunst?«

»Au ja. Jetzt gehe ich aber erst mal meine Mutter anrufen, dass ich später komme.«

»Ich habe mir gerade überlegt, ich kann auch genau so gut morgen fahren. Bleib doch hier. Du kannst bei mir übernachten. Komm, sag ihr Bescheid. Nimm mein Handy.«

»Auf welche Knöpfe muss ich denn hier drücken?« Judith wählte für sie und reichte Bettina das Handy über den Tisch mit den Worten: »Versuch mal, nicht zu lügen.«

»Mama? ... Ist es dir recht, wenn ich erst morgen komme? ... Ich habe hier in Frankfurt eine Freundin getroffen«, Judith lächelte beifällig, »und wir haben uns viel zu erzählen ... Ich möchte bei ihr über Nacht bleiben ... Ja, mit dem gleichen Zug ... Mama, noch was: Falls Gunter aus irgendeinem Grund anrufen sollte, der braucht das nicht zu wissen ... Danke ... Tschüs, Mama.«

Judith zog die Augenbrauen hoch.

»Das war doch jetzt nicht gelogen«, verteidigte sich Bettina. »Jetzt habe ich ein gemeinsames Geheimnis mit meiner Mutter.«

»Sag mal, hast du dein Handy vergessen oder besitzt du gar keins?«

»Wozu brauche ich ein Handy? Ich bin doch immer zu Hause, wenn jemand anruft.«

»Hm. Klingt einleuchtend. Bis dato.«

Bettina ging in der Altbauwohnung umher, während Judith Kaffee kochte, und betrachtete die riesigen Menschen-Fotos und die harten, klaren Ölbilder an den Wänden, las mit schräg geneigtem Kopf ein paar Titel auf den Buchrücken der Bildbände in dem hohen Regal. Zeitungen und Zeitschriften stapelten sich auf einem niedrigen Tisch, die Korbsessel waren mit unordentlich hingeworfenen Seidenkissen bedeckt, auf dem Fensterbrett standen exotische Plastiken ... Bettina blickte hinaus auf das Verkehrsgewusel unten in der eher hässlichen Straße des Bahnhofsviertels. Alles war so ganz anders hier als zu Hause. Lebendig eben.

Später sagte sie zu Judith: »Jetzt möchte ich gern mal etwas von deinem Leben wissen. Du hast damals erwähnt, dass du in einer Analyse warst.«

»Oh? Hab ich das? Beichte in der Eisenbahn? ... Tja, das Witzige ist eigentlich, dass ich eine sehr glückliche Kindheit und Jugend gehabt habe, und wie es heißt, beruhen die meisten Traumata ja auf Kindheitserlebnissen. Obwohl ... Also: Meine Mutter war Schweizerin, Jüdin, mein Vater Deutscher, Germanist, so ein etwas abgehobener Gelehrter, mit Klopstock und solchen schwierigen Langweilern, weißt du. 1939 hatte er eine Assistentenstelle in Zürich und ist da geblieben, als der Krieg ausbrach. Ziemlich bald wurde er dann interniert ...«

»Wieso?«

»Na, als Staatsbürger einer Krieg führenden Macht. Glaub bloß nicht, dass die Schweizer wild auf so einen waren. In der Zeit davor hatten meine Eltern sich kennen gelernt. Der Vater meiner Mutter war Anwalt und hat geholfen, dass mein Vater nicht nach Deutschland abgeschoben wurde und dass er aus dem Internierungslager herauskam. Mein Vater kriegte aber natürlich keinen Fuß auf den Boden in der Schweiz und war bei aller Dankbarkeit auch später nicht besonders gut auf die Schwyzer zu sprechen. Außer auf meine Mutter natürlich. Deshalb sind meine Eltern 1945 nach Deutschland gegangen. Kaum begreiflich: Eine Jüdin geht nach dem Holocaust freiwillig nach Deutschland. Aber er war einfach ihre große Liebe ... Du suchst jetzt nach jüdischen Merkmalen in meinem Gesicht, stimmt's? Den Blick kenne ich. Von vielen Leuten, von Kindheit an, wenn meine Herkunft ins Gespräch kam.«

»Ehrlich gesagt, habe ich keine rechte Vorstellung, was jüdische Merkmale sind. Auf Anhieb fallen mir gar keine Juden ein. Doch, klar, Max Liebermanns wunderbares Selbstporträt, ja, und Schauspieler, Michael Degen und Meret Becker, ist die nicht auch Jüdin? Und dieser Michel Friedman im Fernsehen. Mit dem hast du doch aber, soviel ich sehe, nicht die geringste Ähnlichkeit.«

»Danke«, sagte Judith trocken.

»Ah, und Helmut Newton natürlich.«

Judith lachte. »Oh ja, den wollen wir doch nicht vergessen! Weißt du, mir ist manchmal nicht klar, dass das alles für jüngere Leute kaum noch eine große Rolle spielt ... Aber nach dem Krieg war es in Deutschland ungeheuer wichtig. Es gab ja nur ganz wenige Juden hier, begreiflicherweise. Und die Leute wussten nicht recht, wie sie mit ihnen umgehen sollten.« Judith blickte nachdenklich. »Es war oft so eine Mischung aus schlechtem Gewissen und übertriebener Hilfsbereitschaft und Unsicherheit und Schonung, so ein bisschen wie mit Behinderten, weißt du. Manche Leute mochten uns vielleicht nicht, aber die getrauten sich damals noch nicht, das offen zu zeigen. Meine Eltern haben, so viel ich weiß jedenfalls, nicht darunter gelitten. Meine Mutter war eine sehr freie und großzügige Frau, und aus Liebe zu meinem Vater verzieh sie vielleicht den meisten Deutschen oder sah sie milder, als die übrige Welt das tat, und versuchte, normal mit ihnen umzugehen, hielt zu manchen allerdings vielleicht bewusst etwas Distanz. Ich weiß es nicht. Sie hatte viel Humor, aber trotzdem ging immer ein gewisser Ernst von ihr aus. Mein Vater kriegte sofort eine Professur, ich habe nie herausbekommen, warum so rasch: weil er ein so guter Germanist oder weil er nicht in der Partei gewesen war oder einfach, weil er eine jüdische Frau hatte ... Du guckst, als ob du einer Märchentante lauschst.«

»Du, ich höre wirklich zum ersten Mal jemand von dieser Zeit erzählen, ich meine, so persönlich und ohne belehren zu wollen, verstehst du. In der Schule hatten wir natürlich all das, über Hitler und Himmler und die Massenvernichtungslager und Bonhoeffer und ...«

»… und Anne Frank. Klar, wir auch. Ich bin Jahrgang 45. Manche Leute waren zu mir, der niedlichen dunkelhaarigen Halbjüdin, so lieb, als ob ich Anne Franks Schwesterchen wäre. Meine Mutter amüsierte sich darüber. Sie machte von ihrer Herkunft überhaupt nichts her, vielleicht, weil sie so empfindlich gegen jede Art von Heuchelei war. Wie gesagt, die Deutschen konnten in den fünfziger Jahren ja eben gar nicht umgehen mit dem Furchtbaren, was sie angerichtet hatten. Übrigens spielte meine Mutter fabelhaft Klavier, und meine Eltern kannten viele Künstler und Intellektuelle, Adorno und solche Leute.«

»Adorno … Ach. Ich glaube, über einen Satz von dem mussten wir im Deutsch Leistungskurs mal einen Aufsatz schreiben, was das bedeutet, dass es kein richtiges Leben im falschen gibt oder so ähnlich.«

»Er hat noch einiges sonst geschrieben, was zwar nicht so oft zitiert, aber trotzdem ganz gut ist.«

»Ich weiß nicht, was ich damals darüber losgelassen habe. Es sollte sich ja auf die Nazizeit beziehen. Aber ich finde, auf mein jetziges Leben passt es eigentlich auch …«

»Hm … Manche Aussprüche merkt man sich vielleicht, weil sie eben nicht beliebig sind.«

»Kann sein. So ähnlich ist es ja auch bei Bildern. Die Pfirsiche auf dem Stilleben von Chardin bei uns in der Kunsthalle zum Beispiel geben nicht nur ein schönes Bild, sondern sind – wie soll ich sagen – Pfirsiche an sich … Aber entschuldige, ich hatte dich unterbrochen, erzähl weiter.«

»Nun sind wir schon bei leckeren Pfirsichen. Gleich gibt's Abendbrot. Also Zusammenfassung: Wir wohnten in einem alten Haus mit großem Garten. Meine Mutter konnte sehr gut kochen, und wir hatten immer Gäste. Ja, ich habe es wirklich gut gehabt: Liebe Eltern und ein anregendes schönes Ambiente, und überall wurde ich ein bisschen vorgezogen.«

Judith sah aus dem Fenster. »Kein schlechter Start ins Leben, wie? ... Ich glaube, ich mache uns jetzt erst mal etwas zu essen.«

Nachdem sie sich in der Küche mit Schinken- und Käsebroten und italienischem Rotwein gestärkt hatten, drängte Bettina auf die Fortsetzung.

»Ja, also, ich mach's jetzt kurz. Auf der Kunstakademie bin ich dann voll ins Politische geraten. Dass ich Halbjüdin war, verschaffte mir bei der APO zunächst mal einen Bonus. Die Linken waren anfänglich eher respektvoll gegenüber den Juden. Die Auseinandersetzungen hatten sich ja, außer an Vietnam, hauptsächlich an den Verdrängungskünsten der Elterngeneration in Bezug auf die Nazizeit entzündet. Ich fühlte mich jüdischer als je in meinem Leben, zog meine Eltern in heiße Diskussionen: Wieso sie freiwillig in dieses naziverseuchte Land hatten gehen können, ich fand sie apolitisch und bürgerlich, scheißliberal eben, das damalige Standard-Schimpfwort für Leute, denen man so recht nichts vorwerfen konnte. Auf der anderen Seite dramatisierte ich bei meinen Genossen unser Familienschicksal: Vater emigriert und so ... Sag mal, ich habe den Eindruck, du weißt nicht so recht, wovon ich überhaupt rede, stimmt's? APO und all das. APO, das war die Abkürzung für außerparlamentarische Opposition.«

»Ah ja.«

»Welcher Jahrgang bist du eigentlich?«

»1963.«

»Himmel, ja. Vier Jahre später zog ich schon mit Transparenten durch die Straßen.«

»Ich glaube, meine Unbedarftheit hat weniger mit meinem Jahrgang als mit meiner stumpfsinnigen Lebensweise zu tun. Robertos Vater ist bei dem Militärputsch gegen Salvador Allende umgebracht worden, und ich wusste bisher nicht mal genau, wer das überhaupt war. Habe ich zu Hause im Brockhaus nachschlagen müssen. Erzähl weiter, Judith.«

»Ja, also, ich hatte angefangen, mich ernsthaft politisch zu informieren über die Altnazis in unsern Richterämtern, über den Rüstungswahnsinn, über Vietnam, über den Ämterfilz und all diese traurigen Realitäten.«

»Du warst aber nicht bei der Baader-Meinhof-Bande oder so was?«

»Was weißt du denn über die?«

»Wir guckten das in den siebziger Jahren doch fast allabendlich im Fernsehen an, und mein Vater regte sich furchtbar darüber auf. Ich verstand kaum, worum es ging, es war so ähnlich wie ein Fortsetzungskrimi. Und wenn ich frech war, sagte mein Vater: Wenn du so weiter machst, wirst du auch noch mal Terroristin.«

Judith lachte. Sie erklärte ihr, man könne auch links sein, ohne mit einer Pistole im Anorak herumzulaufen.

Sie sei mit den Genossen wegen anderer Punkte, zum Beispiel der bedingungslosen Solidarisierung mit den unterdrückten Palästinensern und der damit einhergehenden Israelfeindlichkeit in Zwiespalt geraten. »Ist doch klar, als Tochter einer friedfertigen Jüdin.«

Bettina sah sie mit großen Augen an. »Du bist so lebendig. Ich fühle mich neben dir wie eine richtig verschlafene Landpomeranze.«

»Ach Quatsch. Es war eben eine ganz andere Zeit damals, die ich allerdings keinesfalls missen möchte. Aber jetzt beenden wir das Thema mal vorläufig ... Mein eigenes Leben veränderte sich 1972 völlig durch den Autounfall meiner Eltern. Sie starben beide am gleichen Tag.« Judith schwieg, schenkte Wein nach und trank. Dann sagte sie in sachlichem Ton: »Und im Zuge der Formalitäten beim Amtsgericht und Notar wegen der Erbschaftsangelegenheiten und so weiter stellte sich heraus, dass sie gar nicht meine Eltern waren. Sie hatten mich 1945 gleich nach meiner Geburt adoptiert. Sie hatten mir mein Leben lang nicht die Wahrheit gesagt. Das empfand ich als tiefen Vertrauensbruch, als Verrat an meiner Liebe zu ihnen. Und mindestens genau so schlimm: Ich war gar keine Halbjüdin. Ich hatte mit einer Rolle kokettiert, die mir nicht zustand. Dafür schämte ich mich in Grund und Boden. Ich wusste überhaupt nicht mehr, wer ich war. Ich empfand mein ganzes Leben als eine einzige Täuschung. Ich glaubte an nichts mehr. Zum Beispiel hatten viele Leute gesagt, ich sähe meiner Mutter ähnlich, das hatte mir geschmeichelt, weil ich sie so liebte und bewunderte und sie meiner Meinung nach viel schöner und zarter war als ich und im Gegensatz zu mir welliges schwarzes Haar hatte.«

»Hast du Fotos von ihr?«

»Erst einmal habe ich alle zerrissen, die ich besaß. Viel später habe ich zufällig ein Album und alte Negative im Sekretär meiner Mutter gefunden und nicht weggeworfen, und dann noch viel später habe ich sie entwickelt.«

Judith stand auf, ging nach nebenan in ihren Arbeitsraum und kam nach einer Weile mit zwei flachen Kästen zurück. »Ich habe sie alle auf gleiche Größe gebracht. Es gehört zu einem Projekt: Werden und Vergehen ... So die Richtung, wie bei einer Pflanze im Zeitraffer, aber natürlich mit den entsprechenden Umfeldattributen dazwischen ...«

Bettina betrachtete die Bilder. Es war tatsächlich, als ob man zuschaute, wie ein zierliches Kind zu einem scheuen Mädchen, einer anmutigen jungen Frau wurde, und eine selbstbewusste Schönheit dann wieder zu einem zarten älteren Wesen.

»Wie alt war deine Mutter, als sie starb?«

»Siebenundsechzig. Sie hatten mich adoptiert, weil sie schon vierzig war, als meine Eltern nach Deutschland kamen. Sie hatte bereits eine Fehlgeburt hinter sich. Das habe ich später von einer Schweizer Verwandten erfahren.

»Ich finde auch, du siehst ihr etwas ähnlich.«

»Ist das dein Ernst?« Judith lächelte. »Oder sagst du das jetzt bloß so?«

»Nein wirklich. Und du bist um sie zu beneiden. Ihr seid beide einfach schön. Jede in ihrer Art, aber irgendwie verwandt.«

Judith schüttelte ungläubig den Kopf und öffnete den zweiten Kasten. »Hier sind die Aufnahmen, die ich im Zug damals von dir gemacht habe.«

Auf dem ersten Bild sah man Hände, die ein Buch hielten, wohlgeformte, feste Hände, Bettina eigentlich gar nicht vertraut. Sie war überrascht. »Die Hände sind viel schöner als meine.«

»Eigenartigerweise erkennen viele Menschen ihre Hände auf einem Foto nicht wieder. Das hängt wohl damit zusammen, dass man selbst fast immer den Blickwinkel zu den Fingerspitzen hin und nie umgekehrt hat. Und wenn man zum Beispiel etwas greift, sieht man ja nur den Daumen und den Gegenstand, nie die Hand.«

Das nächste Foto zeigte das vorgeneigte Gesicht mit gesenkten Lidern, das Haar fiel seitlich nach vorn und beschattete die rechte Gesichtshälfte.

»Also, auch da erkenne ich mich kaum.«

»Wäre ja auch schwierig, gleichzeitig in ein Buch und in den Spiegel zu gucken.«

»Lach nicht. Ich finde es eher unheimlich, dass man gar nicht weiß, wie man wirklich aussieht – oder aussehen kann.«

»Rat mal, woran sich die Menschen im Video fast immer selbst erkennen? – Am Gang.«

»Ach. Am eigenen Rhythmus sozusagen? Ob das mit dem Herzschlag zusammenhängt?«

»Ist ein hübscher Gedanke. Allerdings würde Goethe dann wohl einmal mehr irren: *Herz, mein Herz, was soll das geben, was bedränget dich so sehr? Welch ein fremdes neues Leben – Ich erkenne dich nicht mehr.*«

»Klingt gut. Komisch, mir kommt es neuerdings so vor, als ob vieles, was ich höre und sehe, extra für meine Situation geschaffen worden wäre. Nun sogar noch von Goethe ... Herz, mein Herz ... Ich erkenne dich nicht mehr.«

»Schau mal dieses Bild!«

Der Kopf war nach rechts dem Licht zugewandt, das Auge nachdenklich halb geschlossen.

»Eine entfernte Ähnlichkeit, aber so intelligent sehe ich nicht aus. Das könntest eher du sein. Dreh dich mal nach rechts ... Ja, genau. Sag mal, machst du dich hier lustig über mich?«

»Nein, das bist du, glaub's mir! Manchmal kommt in einem Foto etwas heraus, das verborgen in dem Porträtierten steckt, etwas, das man sonst nicht sieht. Möglichkeiten.«

Bettina lachte. »Na, dann hab ich ja vielleicht doch noch Chancen für die Zukunft.«

»Sicher. Aber versuch mal, weniger zu lügen.«

In einem leicht transparenten dunkelgrauen Seidenpyjama richtete Judith das Zwei-mal-zwei-Meter-Bett für die Nacht. Bettina stand in ihrem gestreiften Baumwollschlafanzug daneben.

»Du hast ja eine tolle Figur«, sagte sie, als Judith sich aufrichtete. »Trägst du immer solche Nachtwäsche?«

»Ja. Warum nicht?« Judith zog vor dem großen Spiegel die Kämme aus ihrer Frisur, die braunen Haare fielen auf ihre Schultern. Bettina schlüpfte auf ihrer Seite unter die Decke, fast als verstecke sie sich.

»Hast du eigentlich einen Freund?« fragte sie.

Judith legte sich ebenfalls ins Bett, stützte den Kopf in die Hand und sah Bettina an. »Zur Zeit ist gerade Pause. Seine Frau aus London ist da.«

Bettina war etwas irritiert über die Selbstverständlichkeit, mit der Judith von ihrer Beziehung zu einem verheirateten Mann sprach.

»Hast du schon viele Männer gehabt?« fragte sie, nun auch den Kopf aufgestützt und Judith zugewandt.

»Was heißt viele? Du darfst nicht vergessen, ich bin siebzehn oder achtzehn Jahre länger auf der Welt als du und war nie verheiratet.«

»Hm. Und hast du auch mit Männern geschlafen, die du nicht geliebt hast?«

»Das kam vor, ja«, sagte Judith lächelnd. »Lieben tu ich nur den Martin, seit zehn Jahren. Aber er ist halt verheiratet.«

»Und er liebt dich auch?«

»Auf seine Art schon, denk ich. Bist du deinem Gunter denn immer treu gewesen?«

»Bis ich Roberto kennen gelernt habe, ja.«

»Erstaunlich.« Judith legte sich auf den Rücken und blickte an die Decke.

»Findest du das komisch? Oder naiv oder was?«

»Ich sagte: erstaunlich. Mein Leben ist so ganz anders

verlaufen, weißt du. Hat denn nie ein anderer Mann versucht bei dir zu landen?«

»Doch, schon. Es kommt aber nicht wirklich dazu, wenn man selber keine Signale aussendet, glaubst du nicht?«

»Und das hast du nicht getan ... Hängt das bei dir mit dem Christlichen zusammen oder so?«

»Nein, eigentlich nicht. Mehr wohl mit so einer allgemeinen Vorstellung von Pflicht vielleicht. Und es laufen einem ja auch nicht gerade massenhaft spannende Männer über den Weg, in Stupferich. Und wenn mal einer prickelte – man muss doch ein bisschen abwägen zwischen der eigenen Freude und dem, was man möglicherweise damit anrichtet.«

»Das finde ich auch okay, wenn Leute sich lieben.«

»Aber den Eindruck hast du von uns nicht, wolltest du sagen.«

»Eben.«

»Da hast du völlig recht. Das ist mir aber in der ganzen Härte erst relativ spät klar geworden, ich weiß nicht, ob ich sagen soll: leider oder glücklicherweise«, sagte Bettina nachdenklich. »Für die Kinder war es bestimmt gut so. Aber nun sind sie ja eigentlich keine Kinder mehr.«

»Hm. Du hast zwar höchstwahrscheinlich einige Freuden verpasst, Erlebnisse, die dich weiter gebracht und dir etwas mehr Pfiff verpasst hätten, Lebensfülle, Lebenskenntnis einfach, aber möglicherweise ist dir auch einiges erspart geblieben.« Judith beugte sich über Bettina und küsste sie auf den Mund. Dann zog sie sich die

Daunendecke bis zum Kinn und knipste das Licht aus. Im Dunkeln nahm sie Bettinas Hand, drückte sie fest und ließ sie gleich wieder los.

»Ich find dich einfach prima«, sagte sie. »Gute Nacht.«

Am nächsten Morgen verabschiedeten sie sich mit herzlichen Umarmungen, als kennten sie sich von klein auf. Judith sollte den Shapiro-Katalog aufbewahren, bestand aber darauf, dass Bettina ihn wieder mit nach Hause nahm und nicht versteckte.

In Hannover rief Bettina noch vom Bahnhof aus in der Galerie an. Wieder dachte sie im ersten Augenblick, Roberto sei am Apparat, aber es war nur die gleiche Ansage auf dem Beantworter wie bisher. Zum vierten Mal hörte sie jetzt von der Möglichkeit, ein Fax zu senden oder Herrn Felix Giltemeier privat anzurufen. Sie hatte weder das eine noch das andere vor. Sie wollte Roberto. Im Telefonbuch gab es keinen Pascual. Bei ihrem dritten Anruf, von Frankfurt aus, hatte sie ihren Namen genannt und mitgeteilt, wann sie in Hannover sein und dass sie sich in der Galerie melden werde. Jetzt bekam sie Angst, sie könnte vor verschlossener Tür stehen, die Reise umsonst gemacht haben. Was heißt umsonst? versuchte sie sich zu korrigieren. Ich habe Judith kennen gelernt. Ich habe eine wunderbare Freundin gefunden. Und ich will ja schließlich auch zu Mama ... Doch mit einem jähen, körperlichen Schmerz, der Kehle, Atmung und Magen zusammenzog und sich strömend im Unterleib auflöste, wusste sie, wie sehr sie sich nach Roberto sehnte. Vielleicht gab es bei der Galerie einen Hinweis.

Die Tür stand offen, an der Rückwand hinten sah sie zwei Gestalten in Arbeitskleidung und hielt sie einen winzigen Augenblick lang für die Skulpturen von John Davies. Sie sprang die Stufen hinauf. Zwei Malergesellen verschoben gerade eine Leiter. Der eine stieg jetzt hinauf.

»Hallo«, rief Bettina forsch.

Der andere drehte sich zu ihr um. »Der Löden is geschlossen, Frollan«, sagte er, sie wohlgefällig musternd.

»Wird hier renoviert?«

»So isses, Frollan.«

»Können Sie mir sagen, ob hier heute jemand von der Galerie vorbeikommt?«

»Gegen Feieröbend. Der muss jö hier abschließen.«

»Wann machen Sie denn Feierabend?«

»Fünfzehn draßig.«

Um halb vier. Jetzt war es fast eins. Um halb zwei würde sie bei der Mutter sein. Sie konnte nicht eine gute Stunde später dort schon wieder aufbrechen.

»Kommt der ältere oder der jüngere Herr?« fragte sie.

»Dö is doch bloß aner.«

»Jung is der nich«, sagte der Mann auf der Leiter.

»Kommen Se um dra wieder, denn sehn Se, ob's der Richtje is, Frollan.«

Der Richtige! Gott gebe es! Warum musste nur alles immer so schwierig sein. Versuch mal, nicht zu lügen, hatte Judith gesagt. Die hat gut reden. Was soll ich denn jetzt Mama erzählen? Die Wahrheit vielleicht? »Mama, ich habe meinen Geliebten nicht angetroffen, bin aber verrückt nach ihm, ich muss gleich noch mal in die Stadt und gucken, ob er da ist. Kann sein, es kommt stattdessen sein Chef, dann bin ich in einer guten Stunde zurück. Andernfalls schließen wir uns im Büro ein und es wird später!«

Während Bettina die Treppe zur Wohnung ihrer Mutter hinaufstieg, war ihr etwas schlecht im Magen. Beim Aufschließen der Tür hielt sie den Atem an, instinktiv wappnete sie sich gegen den Geruch. Aber es roch heute anders – der Duft nach frisch aufgebrühtem Kaffee dominierte. In der Küche saß ihre Mutter mit einer pummeligen blonden Frau, die sich als Frau Mischreuter aus dem dritten Stock vorstellte. Frau Mischreuter, die Zielscheibe der mütterlichen Kritik, wenn es um unangebrachte Lebensfreude ging. Frau Mischreuter also, mit einem zusammengeknautschten freundlichen Gesicht, Anfang sechzig, mit bunter Ethnokette auf rosa Seidenbluse, war vor ein paar Tagen mit der Mutter im Treppenhaus ins Gespräch gekommen, als sie ein paar prall gefüllte Plastiksäcke nach unten trug. Frau Mischreuter sammelte Textilien für einen bevorstehenden Internationalen Pfennigbasar – »man muss sich ja ein bisschen sozial engagieren« – und hatte im Anschluss an die Unterhaltung etliche Kartons mit Herrenbekleidung, auch Schuhen – »ist ja alles noch picobello. Sie glauben nicht, wie unsere Aussiedler sich da drauf stürzen« – bei der

Mutter vollgepackt und nach und nach in ihrem Polo abtransportiert.

Bettina, einerseits erleichtert, dass die Mutter etwas Ordnung gemacht, Beschäftigung und Gesellschaft gehabt hatte, fand andererseits, dass sie recht angestrengt wirkte. Und hoffentlich hatte sie nicht Tabula rasa gemacht und etwa die Tagebücher ...

»Ich stelle mal eben meinen Koffer ab«, sagte Bettina.

Sie ging ins Schlafzimmer und öffnete den Schrank. Das Fach rechts unten war leer.

Als sie in die Küche zurückkam, erklärte Frau Mischreuter gerade: »Wir lagern das alles in der Halle. Bis Ende der Ferien muss es sortiert sein, außer mir sind die ehrenamtlichen Helferinnen ja fast alle berufstätig, großenteils Lehrerinnen.«

Bettina erschrak. »Sind denn hier schon Ferien? Bei uns fangen sie erst in acht Tagen an.«

»Und wir haben die ersten drei Wochen hinter uns. Wir müssen uns ranhalten mit der Arbeit.«

Große Ferien! Sommerpause. Daran hatte sie gar nicht gedacht. Vielleicht war Roberto überhaupt nicht erreichbar, möglicherweise in Chile. Bettina sah auf die Uhr. Es war zehn nach drei. Sie ging in den Flur und schloss die Küchentür hinter sich, um zu telefonieren.

Eine fremde Männerstimme: »Giltemeier.«

»Burgner hier, Bettina Burgner.«

»Ah ja, Frau Burgner. Sie rufen wegen des Shapiro an, nicht wahr? Herr Pascual hat mich informiert. Die Galerie ist zur Zeit geschlossen, aber wir können uns natürlich trotzdem gern verabreden, wann immer Sie wollen. Ich habe die Bilder im Depot bei mir zu Hause.«

»Herr Pascual ist nicht da?«

»Nein. Aber ich würde mich sehr über Ihren Besuch freuen.«

»Ja«, sagte Bettina matt. »Ich übersehe meine Termine hier noch nicht ganz.« Sie überlegte, wie sie Näheres über Robertos Aufenthalt erfahren könnte, ohne dass ihr Interesse zu persönlich wirkte. Was mochte er wohl diesem Giltemeier über sie erzählt haben? In diesem Augenblick kam die Mutter mit Frau Mischreuter aus der Küche. »Ich rufe Sie wieder an«, murmelte Bettina und legte auf.

»Mit wem hast du denn telefoniert?« fragte die Mutter, sobald sie die Tür hinter dem Gast geschlossen hatte.

Bettina hatte schon wieder eine Lüge auf den Lippen. Sie blickte auf die blasse alte Frau und legte ihr den Arm um die Schulter.

»Komm, Mama«, sagte sie. »Leg dich ein bisschen hin. Du siehst müde aus.«

»Ja, ich bin todmüde. Ich habe einen Magen-Darm-Infekt.«

»Ach, ich glaube, du isst bloß falsch, Mama.« Sie gingen ins Schlafzimmer und Bettina wollte die geblümte Überdecke vom Bett nehmen.

»Oh, nicht einreißen«, wehrte die Mutter ab, »das Bett ist immer so mühsam zu machen. Ich hatte ja nur wegen Frau Mischreuter ...«

»Es ist doch wirklich wichtiger, dass du dich etwas ausruhst, Mama«, sagte Bettina schon wieder leicht gereizt.

Als die Mutter endlich, liebevoll zugedeckt, erschöpft und befriedigt seufzend die Augen schloss, ging Bettina leise zur Tür. Da sagte die Mutter, plötzlich wieder hellwach: »Und wen hast du angerufen? Deine mysteriöse Freundin in Frankfurt?« Bettina drehte sich um und setzte sich auf den Bettrand.

»Es ist wirklich eine Freundin.« Sie erzählte der Mutter, wie sie Judith kennengelernt und wieder getroffen und was für ein eigenartiges Schicksal diese Frau gehabt hatte. Die Mutter hörte aufmerksam zu.

»Adoptiert«, sagte sie. »Ich habe mir das immer schrecklich vorgestellt, ein Kind, das bei fremden Leuten aufwächst.«

»Dabei hatte Judith es wirklich sehr gut, bis auf den Schock später. Die Eltern hätten sie eher darüber aufklären sollen. Sie sagt übrigens immer noch ›meine Eltern‹, wenn sie von ihnen spricht.«

Die Mutter schloss die Augen.

»Ich bin so müde. Vielleicht kann ich etwas schlafen.«

Kaum war Bettina an der Tür, als sie noch einmal fragte: »Und mit wem hast du nun telefoniert?«

»Das erzähle ich dir später. Schlaf jetzt, Mama.«

Beim Abendessen fragte die Mutter, wie alt Judith sei. Bettina freute sich, dass sie sich einmal für etwas anderes als Fernsehfilme interessierte, lebhafter als bei den letzten Besuchen war, wenn auch auffallend bleich und mager.

»Eigentlich konnte ich Frau Mischreuter mit ihren gefärbten Haaren nie besonders leiden«, sagte sie. »Aber sie ist recht patent, das muss man ihr lassen. Na ja, zwölf Jahre jünger als ich. Sie hat sogar ein paar Sachen, die sie für ihren Basar nicht gebrauchen konnte, zum Müllplatz weggeschafft.«

Bettinas Herz zog sich zusammen bei dem Gedanken an die räumliche Nähe zwischen der Beinprothese ihres Vaters und den Tagebüchern im Kleiderschrank.

»Es ist doch eine gewisse Erleichterung, etwas Ordnung gemacht zu haben«, fuhr die Mutter fort. »Man weiß ja nicht, wie lange man noch lebt. Es kam auch so allerhand zum Vorschein, und ich musste viel an früher denken.«

»An deine Jugend?«

»Ja, auch das.« Die Mutter blickte eine Weile an Bettinas Schulter vorbei ins Leere. Dann nahm sie sich wieder zusammen und sagte: »Aber auch an dich, wie du klein warst. Du warst so 'ne süße Lütte damals ... Man muss sich ja auch mal an das Schöne erinnern.« Sie klopfte Bettina freundlich auf den Unterarm. Bettina hielt die Hand fest.

Als sie später bei einem Gläschen Portwein saßen – »hab ich von Frau Mischreuter, für die Bettschwere, sagt die« – fragte die Mutter dann doch noch einmal, ob Bettina heute mit Judith telefoniert habe. Es klang aber eigentlich nicht streng oder kontrollierend.

»Nein, Mama. Ich wollte mich hier in Hannover nach jemand erkundigen. Ich muss vielleicht auch deshalb morgen in die Stadt.« Die Mutter schien nicht ganz hinzuhören.

»Ist deine Freundin damals dort, in Frankfurt meine ich, adoptiert worden?« fragte sie.

»Das weiß ich nicht Mama.«

Das Haus von Felix Giltemeier lag in einer Villenstraße mit Blick auf den Maschsee.

Er war ein Mann in den Fünfzigen, füllig, fast kahlköpfig, mit etwas vorquellenden großen blauen Augen und vollen roten Lippen. Er trug einen grauen Seidenanzug und ein Krawattenhalstuch. Im ganzen eine elegante Erscheinung, der die Gesundheitssandalen an den nackten weißen Füßen allerdings eine eigenwillige Note verliehen.

Er führte Bettina in einen großen, von der Vormittagssonne durchfluteten Raum mit Kamin und drei Flügeltüren zum Garten hin. Bettina war überrascht, dass er nicht modern eingerichtet war. Die wenigen alten Möbel waren aus edlem Holz, an den Wänden hingen goldgerahmte Stilleben und Landschaften. Er öffnete einen Sekretär, in dem die Hausbar untergebracht war, und bot ihr eine Erfrischung an. Er fügte ihrem Orangensaft nach einem fragenden Blick einen Schuss Gin hinzu, seinem eigenen einen doppelten.

Sie spürte, dass er sie musterte, obwohl dies sehr diskret geschah. Er sah ihr freundlich ins Gesicht, blickte auf ihre Hände erst, als er ihr das Glas reichte – außer dem Ehering trug sie einen dünnen Platinring mit zwei kleinen Brillis, Gunters Geschenk zur Geburt der Zwillinge – und als sie auf dem Empiresessel Platz nahm, streifte sein Blick nicht nur ihr Bein, so weit es der Rockschlitz frei gab, sondern auch die teuren italienischen Sandaletten – ihr Ausverkaufs-Schnäppchen.

»Wir haben uns schon zweimal in der Galerie verpasst, nicht wahr?« sagte er. »Während der Shapiro-Ausstellung, und dann zeigten Sie vor ein paar Wochen noch einmal Interesse.«

Oh ja, Interesse hatte sie gezeigt. Bei der Erinnerung an die Situation, wie Roberto telefonierte, während er versuchte, ihr den Rock auszuziehen, hielt sie den Atem an. Den John-Davies-Besuch hatte Roberto wohl nicht gemeldet.

»Ja«, sagte sie vage. »Wenn ich in Hannover bin, versuche ich immer, mal in ein paar Galerien zu schauen.«

»Sind Sie Sammlerin?«

»Nein, das kann man so eigentlich nicht sagen.« Sie hatte ihren Wohnzimmerschmuck daheim vor Augen, den Farbdruck einer südlichen Gasse mit rankenden Glyzinien, das Bild mit dem Hafen voller Segelboote und den zwei rotwangigen Matrosen im Vordergrund, die Flurwand mit den Tier-Großfotos und den Nachdruck eines Stiches vom Karlsruher Schloss auf der Streifentapete vor der Gästetoilette. »Aber ich interessiere mich für Bilder«, setzte sie hinzu und blickte sich um. »Sie sammeln selber nur ältere Kunst?« Das war ein bisschen riskant, weil sie nicht genau wusste, wie sie die Bilder an den Wänden einordnen sollte. Aber er begann sofort von sich aus darüber zu sprechen, nannte zwei ihr unbekannte niederländische Namen. Sie stand auf und sah sich die Stilleben mit den herrlich schimmernden Braun- und Rottönen und den spiegelnden Lichtern auf Gläsern und Karaffen genau an.

»Und wo gibt es so etwas heute noch zu kaufen?«

»Auf Auktionen. Rar und meist unerschwinglich. Ich liebe die Moderne aber genau so – wenn sie Qualität hat. Shapiro – Sie haben ein gutes Auge. Eine sinnliche Malerei, selten heute. Ich habe die Sachen, die wir noch in Kommission haben, schon mal herausgeholt.« Er führte sie über die Diele in einen verdunkelten, etwas stickigen Raum und öffnete die Fensterläden. Vier Bilder standen an die hohen Schränke gelehnt auf dem Parkettboden, auch der Hiob, und auf einer Metallstaffelei »ihr« Bild, mit dem alles angefangen hatte. Sie ging sofort darauf zu. Mehr noch als damals zogen sie die verschiedenen rosa Töne an, die im hellen Tageslicht einen fast überirdischen Hintergrund – eben doch Himmel – bildeten. Sie versuchte nicht mehr, die gelben Formen als sich öffnende Blütenblätter oder gespreizte Schenkel zu deuten. Das Geheimnis des Bildes lag wohl gerade darin, dass nur durch die Farben und Formen diese sinnliche Wärme erzeugt wurde. Sie betrachtete es lange und sagte ein paar Worte darüber. Giltemeier stimmte ihr mit einer Art nachdenklicher Anerkennung zu. Sie wusste nicht, ob aus Überzeugung oder um ihr zu schmeicheln und sie zum Kauf zu bewegen.

»Ich würde es sehr gern haben«, sagte sie. »Aber ich kann es leider nicht bezahlen.«

»Wir könnten Ratenzahlung vereinbaren«, schlug er vor.

»Das ist sehr liebenswürdig von Ihnen ... Ich kann es zu Hause aber nicht hängen.«

»Ist alles schon so voll von schönen Dingen?«

»Ach wissen Sie«, sagte sie gedehnt, »mein Mann tendiert geschmacklich in eine ganz andere Richtung.« Die Möglichkeit eines Kaufs sollte weiter in der Schwebe bleiben, bis sie etwas über Roberto erfahren hatte.

»Und Sie können ihn nicht überzeugen? Schade. Die schönsten Augenblicke in meinem Beruf sind immer die, in denen ein Bild an den Menschen gelangt, zu dem es wirklich passt.«

Sie glaubte ihm, was er sagte, und fühlte sich etwas gehoben. Es fiel ihr aber auch das kalte Newton-Foto ein, das er für einen VW-Boss bestimmt hatte. Dieser Mann verstand sein Handwerk, und er konnte einen bezwingenden Charme entfalten.

»In Ihrem Beruf erwirbt man bestimmt sehr viel Menschenkenntnis«, sagte sie. »Oder hat man sie von vorn herein und könnte ihn sonst gar nicht ausüben?«

»Ich weiß nicht. Es beginnt ja zunächst mit der eigenen Begeisterung für die Kunst – vielleicht setzt die ein gewisses Einfühlungsvermögen voraus.« Er zeigte ihr keine weiteren Werke, nahm aber das Bild von der Staffelei und trug es jetzt über die große Diele. Er drückte eine angelehnte Tür auf und ließ Bettina in das Zimmer schauen. Über einer breiten niedrigen Liege mit schwarzem Bezug hing ein großes Bild: zwei nackte Männer, von hinten gesehen, am Rande eines Swimmingpools, in einer sehr reinen Helligkeit. Die Wasserfläche in verschiedenen Blautönen mit einem weißen Gekringel darüber wirkte künstlich und lebendig zugleich.

»David Hockney«, erläuterte Giltemeier. »Sie sehen, es gibt bei mir nicht nur Alte Meister … Pascual zieht dieses Ambiente vor, wenn er im Lande ist.«

Bettina stockte der Atem. Roberto wohnte hier … und er war nicht immer im Lande. Wo war er? Sie spürte, wie ihr der Schweiß ausbrach. Der Gin-Geschmack stieg beißend die Speiseröhre hoch. Sie hielt ihr Taschentuch vor den Mund und lehnte sich an den Türrahmen.

»Darf ich mal eben zur Toilette?« fragte sie. Er öffnete eine Tür.

Nachdem sie ausgespuckt hatte, umklammerte sie den Rand des Waschbeckens und starrte in ihre weit aufgerissenen Augen im Spiegel. Warum hatte ihr dieser Giltemeier das Zimmer gezeigt? Doch nicht nur, um sie mit seinem tollen Hockney zu beeindrucken. Wollte er etwas über Roberto andeuten? Oder ahnte er gar nichts? Doch. Und irgendetwas war da, das sie wissen sollte. Sie wusch sich das Gesicht und versuchte ruhiger zu atmen. Sie war noch immer leichenblass, zog ihre Lippen nach und tupfte sich etwas Parfüm hinters Ohr.

Im Wohnraum hatte Giltemeier das Shapiro-Bild an einen Stuhl gelehnt. Er sah sie aufmerksam an. »Ich bin sicher, dass Sie es nehmen werden. Nicht heute, aber später. Ich reserviere es für Sie, solange Sie wollen.«

Zeit gewinnen, dachte sie. Herausbekommen, wo Roberto ist. »An welchen Preis hatten Sie doch gedacht?«

»Zehn.«

»Herr Pascual hatte neuntausend gesagt, wenn ich mich recht erinnere.«

»Wir müssen die baldige Umstellung von D-Mark auf Euro berücksichtigen, das ist jetzt alles neu. Es mag im Anfang ein paar Irritationen auf dem Markt geben«, sagte er und fügte mit großer Sicherheit hinzu: »Auf Dauer keinesfalls. Die Preise für Kunst werden steigen. Wenn sich ein anderer Interessent melden sollte – ich benachrichtige Sie. Wir haben ja Ihre Adresse in der Datei.«

Oh nein, da war er im Irrtum. Sie hatte zu verhindern gewusst, dass Gunter eines Tages Post von der Galerie aus dem Briefkasten in der Gänsbergstraße in Stupferich holte.

»Ja, natürlich. Herr Pascual ist ja ein sehr effizienter Mitarbeiter, habe ich den Eindruck.« Das klang etwas gekünstelt, fand sie selbst. »Wann ist er wieder hier?«

Giltemeier seufzte. »Ich weiß nicht, wann er von Chile zurückkommt. Er stammt von dort und hat hier keine ständige Arbeitsgenehmigung, wissen Sie. Es ist ein Kreuz mit diesen schwachsinnigen Ausländergesetzen. Ich habe ihm schon vorgeschlagen, eine deutsche Frau zu heiraten, das würde alle Probleme lösen.« Und mit dem Anflug eines Lächelns: »Aber da winkt er ab ... begreiflicherweise.«

Was meinte dieser Giltemeier damit? Wollte er andeuten, dass Roberto es bei ihm angenehmer habe, dass er sich nie an eine Frau binden würde? Oder gar, dass er Männer bevorzugte? Nun, das wusste sie besser. Allerdings dieses Hockney-Bild in »seinem« Zimmer ... Sie spürte schon wieder, wie ihr der Schweiß ausbrach. Sie trat an die offene Flügeltür zum Garten und atmete tief. »Ich muss jetzt gehen.«

»Darf ich Sie mit dem Wagen bringen?«

»Nein, nein. Vielen Dank.«

Zum Abschied nahm er ihre Hand, führte sie mit einer leichten Verbeugung langsam an seine Lippen und sah ihr dabei in die Augen – eine Geste zelebrierter Verehrung. Etwas seltsam.

Bettina öffnete die Augen, sah glitzerndes Wasser und schloss sie sofort wieder. Wie in einem Kaleidoskop drehten sich Bilder in ihrem Kopf. Das bleiche Gesicht ihrer Mutter – Robertos graue Mähne auf ihrem Bauch – Giltemeiers weiße Füße – Jans fragende Augen – Frau Mischreuters Knautschnase – die nackten Männerhintern auf dem Hockney-Bild – Gunters zusammengekniffene Lippen – Judiths Hände – ach, Judith!

Bettina versuchte noch einmal die Augen zu öffnen. Wo war sie? Dumpf erinnerte sie sich, wie sie die Straße und einen Grünstreifen überquert hatte und dann barfuß auf Rasen gelaufen war. Es war sehr heiß. Sie saß auf einer Bank. Instinktiv griff sie nach ihrer Tasche, die noch rechts neben ihr lag. Die linke Hand umkrampfte die Riemchen der Sandaletten, die sie sich von den Füßen gerissen hatte. Das Licht flimmerte auf dem Wasser.

Sie erinnerte sich an einen Drahtpapierkorb voller Blechdosen und verschmierter Verpackungen, in den sie sich übergeben hatte ... Weiterschlafen. Nie mehr aufwachen. Nicht denken müssen. Aber es ist zu heiß hier. Ich muss aus der Sonne weg. Wo bin ich? Das Wasser muss der Maschsee sein. Sie stand auf und taumelte zu einer Bank im Schatten, geschützt durch eine Hecke. Sie legte den Kopf auf ihre Handtasche, streckte sich aus und schlief ein.

Wind strich über ihre Stirn, als sie aufwachte. Sie atmete tief. Einen Augenblick lang fühlte sie sich glücklich. Sie öffnete die Augen und setzte sich auf. Als erstes dachte sie an ihre Mutter. Mama, blass, matt, fremd, lieb, nah. Sie musste zu ihr ... Nur noch ein paar Minuten sitzen bleiben ... Plötzlich schlug wie eine Sturzwelle die Sehnsucht nach Roberto über sie weg, fast zugleich mit dem Wissen, dass er unerreichbar war. Sein Körper, glatt, fest, bräunlich, die zärtlichen schmalen Hände, sein Geschmack in ihrem Mund ... Dann Blitze ihrer früheren Vernunft: Ich kann ihn nicht halten, nicht behalten. Es war alles nur Einbildung. Wir haben ein paar interessante Gespräche gehabt ... und die überwältigende Übereinstimmung unserer Körper ... Ich bin verrückt. Ein Abenteuer in einem unordentlichen Büro ... Roberto ... Vernunft, Vernunft ... Jan! Piet! Sie starrte auf das Wasser. Darüber schob sich ein anderes Bild: Die beiden Kinder stapften vor ihr durch den Sand, sie sah die glatten Blondköpfe der Sechsjährigen mit diesen wunderbaren Längsfurchen am Halsansatz, über die man immer mit dem Finger streicheln wollte. Die Zwillinge, einander so ähnlich, doch für sie, selbst von hinten, so unterschiedlich. Jan eine Spur zarter. Auch im Wesen, auch später. Sein schmales Gesicht neulich unter dem nun dunkleren, kurz geschorenen Haar. Sein erschrockener Blick, als er instinktiv zu erfassen schien, dass sie fort wollte, nicht nur für ein paar Tage. Nein, sie könnte die Jungen nie allein lassen. Nicht mit diesem Vater. Nicht mit Gunter.

Hatte sie denn achtzehn Jahre lang eine unglückliche Ehe geführt? Nein, nein, wieso denn. Sie versuchte sich zu erinnern, ob sie anfänglich wirklich in Gunter verliebt gewesen war. Auf dem Betriebsfest damals hatte er ihr bei einem schon etwas altmodischen English Waltz, den er perfekt beherrschte, mit fast unbewegtem Gesicht durch die Zähne mitgeteilt: »Ich kann leider nicht den ganzen Abend mit Ihnen tanzen, muss meine Aufmerksamkeit hier verteilen. Aber ich bringe Sie nach Hause. Null Uhr fünfzehn an der Garderobe.« Und natürlich war sie – mit klopfendem Herzen – pünktlich dort gewesen. Und natürlich hatte sie eingewilligt, als er mit ihr schlafen wollte. Nicht am gleichen Abend. Er traf ein Arrangement für das folgende Wochenende in einem gediegenen kleinen Dorfgasthof. Er hatte sie, nach einem vorzüglichen Abendessen und reichlichem Weingenuss, auf eine freundliche, wenn auch etwas herrische Art genommen, nicht besonders zärtlich, eher sportlich, nach einem funktionierenden Ablauf, wie in den folgenden Jahren auch. Rechte Hand auf ihre linke Brust, leichtes

Kreisen ... die Reihenfolge stimmte. Nach und nach war das alles dann zu einer Art Pflichtübung geworden, und immer seltener, bis es irgendwann ganz aufhörte ... Als Neunzehnjährige hatte sie vorher wenig Erfahrung gehabt: die eine mit ihrem Schulfreund Markus, mit dem es auf der Schmusebasis gelegentlich zu heftigeren Intimitäten kam. Der Coitus interruptus war glücklicherweise bereits im Biologieunterricht angesprochen worden. Die andere Affäre war die mit dem sehr lustigen Rudi, einem Drogisten, den sie am Baggersee kennen gelernt und dort sechs Wochen lang fast allabendlich getroffen hatte. Mit ihm hatte es richtig Spaß gemacht. Leider stellte sich heraus, dass er verheiratet war und seine Frau ein Baby erwartete. Gemein so was ... Und dann war eben dieser sehr männliche Gunter gekommen, zu dem sie aufblickte. Sie hatte natürlich auch eingewilligt sofort zu kündigen. Techtelmechtel im Betrieb duldete er nicht. Als sie ein Vierteljahr später schwanger war, wurde geheiratet.

Sie war von Anfang an gewöhnt, Gunter alles recht zu machen, bei der Einrichtung des Hauses, bei den Mahlzeiten, im Bett, bei ihrer eigenen Kleidung – er hatte einen recht konservativen Geschmack ... Sie hatte keine Geldsorgen, zwei hübsche, intelligente Kinder und nette Nachbarinnen in ähnlichen Lebensverhältnissen, mit denen gemeinsam sie sich – nicht ganz frei von einer Spur Neid – über Frauen mokierte, die von Selbstverwirklichung träumten. Sie sang in einem gemischten Chor mit Damenüberschuss Volkslieder, Schlager und ein wenig

Gospel. Sie ging seit dreizehn Jahren in die gleiche Gymnastikgruppe und seit einem Jahr in einen Atemkurs, weil sie öfters Beklemmungen in der Brust spürte und unruhig schlief. Als die Kinder klein waren, strickte sie ihnen nicht nur entzückende Pullover, sondern entwarf für sie auch aparte Faschingskostüme, die regelmäßig preisgekrönt wurden ... Wenn Gunter – oft spät – nach Hause kam, stand ein perfektes Essen auf dem Tisch. Früher waren die Jungen dann meistens schon im Bett, und jetzt oft längst in ihren Zimmern oder mit Freunden unterwegs. Er sah sie selten, sie blieben ihm fremd. Die Arbeit in dem nicht allzu großen Garten hatte ihr ursprünglich viel Freude gemacht: gespannt sein, ob etwas sich entfaltet wie erhofft, zusehen, wie etwas wächst, üppiges Blühen, Fülle. Aber Gunter wollte dann alles ordentlicher haben, kurzgeschorener Rasen – »die Krokusse müssen raus, sonst kann man ja ewig nicht mähen!« – schnurgerade Rabatten, viel Steingeplätteltes. Begonien, die sie hasste. Gunter hatte eines Tages etliche Steigen voll davon mitgebracht, Geschenk eines Kunden, und sie hatte sie klaglos eingepflanzt. Taxusbäumchen, die kein lästiges Laub abwerfen konnten. Und sie hatte sich nicht gewehrt. Jetzt hatte der Garten für sie die Bedeutung eines weiteren in Ordnung zu haltenden Raumes ... Gunter mit schwammigem nacktem Oberkörper hinter dem Rasenmäher ... Ihr Magen krampfte sich zusammen. Er würde nun immer zu Hause sein! Immer alles anordnen. Immer.

Sie war jetzt siebenunddreißig Jahre alt.

Sie streifte ihre Sandaletten über die Füße und stand auf.

Die Mutter lag im Bett, als Bettina zurückkam.

»Na, alles nach Wunsch erledigt?« fragte sie, nicht vorwurfsvoll diesmal.

»Leider nicht.«

»Du siehst blass aus, Kleine.« Seit vielen Jahren hatte sie Bettina nicht mehr »Kleine« genannt. »Gestern hat Frau Mischreuter noch gesagt: ›Was haben Sie für eine hübsche Tochter, Frau Korf, das blühende Leben.‹«

»Ach, Mama. Soll ich dir etwas zu essen machen?«

»Ich habe keinen Appetit. Hast du schon etwas gehabt?«

Bettina reagierte mit einem unbestimmten »Hm«.

»Dann koch mir einfach einen kleinen Griesbrei. Himbeersirup steht auf dem oberen Regal rechts, glaube ich.«

Am Herd, als die Milch im Topf hochstieg, wurde Bettina wieder drängend übel. Sie lief ins Bad, um sich zu übergeben. Während sie sich die Hände wusch, kaltes Wasser über die Handgelenke laufen ließ, durchfuhr sie ein jähes Entsetzen: Ich bin doch nicht etwa schwanger?

Nein! Nein! Nein! Lieber Gott, bitte lass es nicht wahr sein! – Mit den gleichen Worten, die ihre Mutter vor mehr als einem halben Jahrhundert in ihrem Tagebuch gebraucht hatte, wendete sie sich an jene unbekannte Macht, die manchen Frauen erst dann wieder einfällt, wenn eine andere unbekannte Macht sie vorher in die Arme eines Mannes getrieben hat.

»Hat ja lange gedauert«, murmelte die Mutter, nun wieder im Nörgelton, als Bettina mit dem dampfenden Brei ins Schlafzimmer kam, der zweiten Portion, die erste hatte kalt und klumpig im Topf geklebt, als sie aus dem Bad zurückkehrte. »Hattest du vergessen, wie man Griesbrei kocht?«

»Iss, Mama. Mir ist nicht gut.« Sehr schnell lief sie hinaus und sank im Wohnzimmer auf die Couch. Die Verzweiflung darüber, dass sie nicht wusste, wo Roberto war, mischte sich mit der Angst, ja beinahe Gewissheit, dass – selbst wenn sie ihn jemals wiedersehen würde – die Mitteilung, er habe ein Kind gezeugt, kaum in sein schillerndes Dasein passen würde. Sie brächte es wahrscheinlich überhaupt nicht fertig, davon zu sprechen. Oder war es möglich, dass es ihm sogar sehr gut passte, weil die Heirat mit einer deutschen Frau seine Aufenthaltsprobleme lösen würde? – Langsam drehe ich durch. Nun fehlt nur noch, dass ich ihm unterstelle, er habe alles geplant. Aber er weiß ja schließlich, dass ich verheiratet bin. Ihr Atem stockte. Die Nacht, in der Gunter in seinem Alptraum sich Hilfe suchend an sie, in sie gepresst hatte ...

Ein Kind von Gunter! Nie und nimmer! Etwas so Absurdes konnte das Schicksal nicht zulassen ... Gott wollte sie nicht noch einmal anrufen, das gehörte sich nicht, so fühlte sie unklar, in einem solchen Fall, wo schon ein Schwangerschaftsabbruch im Hintergrund stand. Sie musste selbst handeln. Sie musste nachher sofort zur Apotheke und das Zeug für einen Test holen. Sie musste Gewissheit haben. Erst dann wollte sie weiterdenken.

Ihre Mutter kam im Frotteemantel ins Wohnzimmer. »Was ist denn, Kleine? So kenne ich dich ja gar nicht. Hoffentlich habe ich dich nicht angesteckt mit diesem Magen-Darm-Infekt, den ich schon seit Wochen nicht los werde. Der grassiert jetzt, sagt Frau Mischreuter.«

»Ein Magen-Darm-Infekt?« Bettina weinte fast vor Erleichterung. »Ein Magen-Darm-Infekt grassiert hier?«

Beinahe wäre sie aufgesprungen und der Mutter um den Hals gefallen. Nie hätte sie gedacht, dass man sich über einen Magen-Darm-Infekt derart freuen könnte.

»Du wolltest mir ja nicht glauben, behauptest immer nur, ich esse falsch.«

»Dann gehe ich am besten gleich mal zur Apotheke«, sagte Bettina.

»Ist nicht nötig. Ich hab alles dafür da, wegen meiner eigenen Spuckerei. Außerdem hat die Apotheke Mittwoch nachmittags zu.«

Also erst morgen Gewissheit. »Mir ist schon besser, glaube ich. Ich ruhe mich einfach ein bisschen aus. Tu das auch, Mama. Heute Abend koche ich uns ein Süppchen«, sagte sie matt.

Trotz der Hitze draußen suchte sie im Bad nach der alten roten Gummiwärmflasche, füllte sie mit heißem Wasser und legte sich wieder auf die Couch. Das tat gut auf dem Magen. Sie überlegte. Wahrscheinlich hatte die Pille ja doch schon angeschlagen, die sie seit etwa zwei

Monaten nach Jahren erstmals wieder nahm. Wie war sie eigentlich darauf gekommen? Nein, sie hatte nicht vorgehabt, Roberto zu verführen. Das nicht. Auf keinen Fall. Es hatte mit dem unbestimmten Wunsch nach Freiheit zu tun gehabt. Und vielleicht mit dem Tagebuch der Mutter. Die Lektüre hatte sie in der Überzeugung bestärkt, dass sich solche Katastrophen heutzutage nicht zu wiederholen brauchten. Hoffentlich! Für alle Fälle: morgen früh gleich zur Apotheke.

Sorgsam und zart ging sie an diesem Abend mit ihrer Mutter um. Erst jetzt konnte Bettina ganz nachempfinden, was die Siebzehnjährige damals durchgemacht hatte. Umso dringlicher wünschte sie zu erfahren, wie die Mutter mit ihrem Schicksal fertig geworden war.

»Hast du beim Aufräumen denn auch alte Fotos gefunden?«

»Die kennst du doch alle. Die sind doch in den zwei großen Alben.«

»Ich meine, aus der Zeit, ehe ihr geheiratet habt.«

»Da gibt's keine Bilder. Nach dem Krieg, da hat doch kaum ein Mensch einen Fotoapparat gehabt. Und wer hätte mich denn da wohl knipsen sollen und warum ... Ein schönes Gruppenfoto habe ich noch. Da stehen wir alle in Schwesterntracht um den Chef herum, und er hat die eine Hand auf Inges und die andere auf meiner Schulter.«

»Ja, Mama, das Foto kenne ich. Er hat dich bestimmt hoch geschätzt, das sieht man«, sagte Bettina geduldig. »Aber ich wüsste so gern, wie du als junges Mädchen ausgesehen hast. Judith hat noch viele Bilder von ihrer Mutter. Sie hat sie alle vergrößert.«

»Ach? War sie hübsch?«

»Schön, müsste man eigentlich sagen. Eher schön.«

»Ich war, glaube ich, auch nicht ganz hässlich.« Die Mutter verbarg ihren verschämten Stolz hinter einem spöttisch zufriedenen Lächeln.

»Bestimmt nicht.« Die Mutter ließ es zu, dass Bettinas Hand streichelnd über ihre Stirn fuhr.

»Und hast du andere Sachen von früher gefunden? Ich habe zum Beispiel meine Schulzeugnisse aufgehoben, von der ersten Klasse an. Übrigens hatte ich in den ganzen Jahren kaum mal einen Dreier.« Bettina bedauerte es, dass sie nach dem Abitur nicht gleich angefangen hatte zu studieren, aber sie hatte nicht recht gewusst welches Fach, und zunächst einfach einmal hinaus gewollt aus der Enge, Geld verdienen, frei sein von der überfürsorglichen Mutter und dem brummigen strengen Vater.

»Schulzeugnisse! Meine Schulzeugnisse!« Die Mutter schüttelte verständnislos den Kopf. »Du hast wirklich keine Ahnung, was damals los war.«

»Du hast ja auch nie etwas erzählt.«

»Wer wollte das schon wissen. Du doch nicht. Und dein Vater auch nicht. Übrigens hat er selbst kaum mal vom Krieg gesprochen.«

»Hast du ihn denn danach gefragt?«

»Weiß ich nicht. Jeder hatte sein eigenes Päckchen zu tragen. Und die ganze Jammerei nützt ja auch nichts.«

Drei Menschen so viele Jahre lang räumlich so nahe zusammen. Bettina wurde die Kehle eng. Dieses traurige Aneinandervorbei.

»Ein paar Dokumente habe ich noch«, fuhr die Mutter fort. »Die hebe ich jetzt auf in dem braunen Kognakkasten, den dein Papa zum Dienstabschied bekommen hat. Den habe ich vor Frau Mischreuter in Sicherheit gebracht. Der war zu schade zum Verscherbeln auf dem Pfennig-Basar. Steht ganz oben im Schrank, auch unsre Heiratsurkunde ist da drin und so was.« Hoffentlich auch die Tagebücher, dachte Bettina.

»Das meiste kannst du vernichten, wenn ich tot bin.«

»Sag nicht so etwas Schreckliches, Mama!«

Die Mutter seufzte. Sie legte den Kopf zur Seite und schloss die Augen. »Ich bin jetzt müde. Gute Nacht, Kleine, und gute Besserung.«

»Auch für dich, Mama. Gute Nacht.« Als Bettina schon fast an der Tür war, hob die Mutter noch einmal den Kopf und sagte trocken: »Mein Sparbuch ist auch in dem Kasten. Das schmeiß man besser nicht weg aus Versehen.«

Nun würde Bettina also vielleicht erst nach dem Tod ihrer Mutter oder vielleicht nie erfahren, ob sie damals das Kind zur Welt gebracht hatte … Es konnte ja sein, dass die Tagebücher und der Inhalt des großen Umschlags, der mit in dem Schrankversteck gelegen hatte und sicherlich weitere Geheimnisse enthielt, dem Ordnungsanfall der Mutter zum Opfer gefallen und mit dem Kunstbein des Vaters von Frau Mischreuter auf den Müllplatz transportiert worden waren. Das Nichtwissen würde immer ein

Schmerz bleiben. Trotzdem – der Abend nach diesem fürchterlichen Tag war sanft und schön gewesen. Wie lieb die Mutter sich nach Einzelheiten aus Judiths Leben erkundigt hatte ... Judith. Sie war jetzt der einzige Mensch, mit dem Bettina sprechen wollte. Sie trug das Telefon, die lange Schnur hinter sich herziehend, vom Flur ins Wohnzimmer und wählte die Nummer in Frankfurt.

»Judith?«

»Judith Morau. Ich kann leider nicht ans Telefon kommen. Bitte hinterlassen Sie eine Nachricht nach dem Signalton.«

Langsam begann Bettina diese so genannten Beantworter zu hassen, von denen man zwar eine vertraute Stimme hörte, aber eben gerade keine Antwort bekam. Bettina gab die Mitteilung ins Leere, dass sie morgen Abend neunzehn Uhr zwei in Frankfurt sein werde und um zwanzig Uhr fünf weiterfahren müsse. Ob ein Treffen in der Cafeteria am Bahnhof möglich sei. Sie bat um Rückruf.

Sie hatte für den nächsten Tag einen Arzttermin für die sich sträubende Mutter bekommen und wollte sie begleiten. Sie machte sich Sorgen. Die Mutter war nicht gesund, war beinahe hinfällig geworden. Was sollte werden, wenn ihre Kräfte weiter so abnahmen. Vielleicht konnte man wenigstens irgendwelche Verabredungen mit dieser Frau Mischreuter treffen, ihr einen zweiten Wohnungsschlüssel überlassen, falls die Mutter damit einverstanden war ... Morgen früh als erstes zur Apotheke und dann gleich den Test machen. Die Angst zog

Bettina den Magen zusammen. Schon wieder wurde ihr übel. Sie nahm zwei Tabletten aus der angebrochenen Packung ihrer Mutter. Als sie mit dem Wasserglas in der Hand auf ihre nackten Schultern im Badezimmerspiegel blickte, hatte sie plötzlich das Gefühl, Roberto trete hinter sie und umfasse ihre Brüste, wie er es getan hatte, als sie sich wieder ankleiden wollte, und dann ... Roberto! Vielleicht konnte sie morgen ja doch noch herausbekommen, wo er sich aufhielt.

Schweißgebadet erwachte sie. Sie hatte in einem nächtlichen Wald versucht, sich einen Weg durchs Unterholz zu bahnen. Sie war nur spärlich bekleidet gewesen, barfuß, und hatte um Hilfe gerufen, ohne Stimme, immer wieder. Sie kam nicht voran und schrie mühsam und tonlos. Dann hatte sie plötzlich in einem dämmrigen Raum mit drei großen Flügeltüren gestanden, und aus einem Lautsprecher hörte sie Judith reden und lachen. Und die Silhouette eines Mannes war in einer der Türen erschienen, sie wollte auf ihn zueilen in dem Glauben, es sei Roberto. Aber er war in dem dunklen Garten verschwunden und sie hörte nur seine Stimme: »Die Galerie ist geschlossen! Die Galerie ist geschlossen!« Und ein vielstimmiges meckerndes Lachen aus dem Lautsprecher.

Wenigstens in einer Hinsicht konnte Bettina den nächsten Tag als einen Glückstag bezeichnen: Der Schwangerschaftstest brachte ein negatives Ergebnis. Wieder war sie versucht, Gott anzurufen. Doch wenn Gott existierte, sollte man ihn mit so etwas besser nicht behelligen.

Die nächste Unternehmung verlief weniger glückhaft. Der so genannte Hausarzt der Mutter, bei dem Bettina mit Mühe einen Termin für vierzehn Uhr erwirkt hatte, war ein stattlicher, intensiv nach Knoblauch duftender Mann um die Sechzig. Er informierte Bettina, dass ihre Mutter vor etlichen Wochen, begleitet von einer Nachbarin, zur Blutabnahme da gewesen sei, sich später aber offensichtlich nicht nach den Ergebnissen erkundigt habe. Er blickte mit ernstem Kopfschütteln in das Krankenblatt und stellte dann ein paar Fragen und ein Rezept für mehrere Medikamente aus.

»Wenn es nicht besser wird, Frau Korf, legen wir uns mal ein paar Tage ins Krankenhaus«, sagte er und klopfte ihr jovial auf den Rücken.

»Was heißt ›wir‹?« bellte die Mutter, ganz in ihrer früheren Art. »Kommen Sie mit?«

»Da machen wir ein paar schöne Aufnahmen von unserm Innenleben«, fuhr er ungerührt fort.

»Meine Mutter hat stark abgenommen«, sagte Bettina energisch. Sie war von beiden genervt. »Was ist denn nun Ihre Diagnose, Herr Doktor?«

»Das Blutbild gefällt mir nicht, gefällt mir ganz und gar nicht«, antwortete der Arzt und pustete den Geruch seines stark gewürzten Mittagessens über den Schreibtisch. »Alles weitere müssen die Kollegen im Krankenhaus herausfinden.«

»Ich wohne in Süddeutschland«, sagte Bettina. »Wäre es etwa besser, wenn ich hier bleiben würde?« Sie ertappte sich in dem irritierenden Zwiespalt der Gefühle zwischen Erschrecken über den Zustand der Mutter und Hoffnung, dadurch einen Grund zum Bleiben zu bekommen.

»Nein, das schaffen wir wohl alleine, nicht wahr, Frau Korf? Sie melden sich dann in zwei Wochen wieder.« Und zu Bettina gewandt: »Sie sollten aber Ihre Adresse hier lassen für alle Fälle.«

»Was bedeutete denn das nun wieder?« fragte die Mutter, als sie draußen waren. »Für alle Fälle! Weißt du, was der ist? Ein seelischer Trampel ist der. Ärzte! Alles Wichtigmöpse!«

»Dein früherer Chef natürlich ausgenommen«, sagte Bettina.

»Allerdings. Der war etwas Besonderes. Es gibt vier Sorten Ärzte, haben wir immer gesagt. Die erste ist ahnungslos und herablassend noch dazu, davon hatten wir zwei in unserer Klinik. Beruf verfehlt. Die zweite: beschränkt, aber freundlich – die sind praktisch als Hausärzte, verschreiben einem alles, was man vorschlägt, bringen allerdings den Kindern ungesunde Bonbons mit, damit die sagen: der liebe Onkel Doktor. Die dritte Sorte: Könner, aber arrogant, denen muss man sich leider manchmal ausliefern. Die Heilchancen sind aber stark verringert durch das fehlende Vertrauen der Patienten.«

»Ist wahr?«

»Jawohl. Das ist inzwischen sogar wissenschaftlich erwiesen. Um dreißig bis vierzig Prozent! Und dann die ganz kleine Gruppe, die wirklich Bescheid weiß und außerdem menschlich und gütig ist.«

»Und so einer war dein Chef.«

Bettina lachte und hakte die Mutter unter und fühlte den abgemagerten Arm im Jackenärmel. Sie hielt es für sehr unwahrscheinlich, dass ihre Mutter den Knoblaucharzt freiwillig noch einmal aufsuchen würde.

In der Zeit bis zu ihrer Abfahrt gelang es ihr, die Mutter dazu zu überreden, Frau Mischreuter für einen – hoffentlich nicht auftretenden – Notfall einen Wohnungsschlüssel auszuhändigen. Zwischendurch rief sie zweimal vergeblich bei Judith an.

Dann war es so weit. Sie nahm die Mutter in die Arme und küsste sie auf die Wangen, und die Mutter gab ihr einen etwas ungeschickten Kuss auf die Stirn und sagte: »Danke für alles. Und ich freue mich für dich, dass du jetzt eine Freundin hast.«

Bettina stieg in Frankfurt aus, obwohl sie Judith nicht auf dem Bahnsteig sah. Sie blieb stehen, bis der Zug abgefahren war, ging dann in die Cafeteria und sah sich suchend um. Judith war nicht gekommen. Vor einem Glas widerlich schmeckendem Früchtetee saß Bettina fast eine Stunde mit Blick auf die Eingangstür. Dann stieg sie niedergeschlagen in den Zug zwanzig Uhr fünf und fuhr ihrem glanzlosen Leben entgegen. Wenn man das überhaupt noch Leben nennen kann, dachte sie. Sie kämpfte mit den Tränen. Was sollte bloß werden, wenn die Mutter einmal tot war und sie selbst überhaupt nicht mehr von zu Hause fort konnte? – Bitte, bitte, stirb nicht, Mama! flehte sie in Gedanken und schämte sich gleichzeitig, dass sie nicht nur um ihre Mutter Angst hatte, sondern auch ganz handfest um ihre eigene kleine Freiheit im Zwei-Monats-Rhythmus, um ihre Liebespause.

Am Hauptbahnhof Karlsruhe verpasste sie den Bus nach Hause, hatte nach dem Warten noch achtundzwanzig Minuten Fahrt, sieben Minuten Fußweg vor sich. Im ganzen eine Stunde, genau so viel Zeit wie von Frankfurt nach Karlsruhe. Mühsam. Aber das Grundstück für das Haus war damals relativ preiswert gewesen. Ja, und es war gesund für die Kinder, auf dem Land aufzuwachsen. Der Wald ganz nahe. Und der schöne Ausblick vom Wohnzimmerfenster. Dass sie keinen Zweitwagen besaßen wie die meisten Familien im Dorf, hatte sich – wie manches andere in ihrer Ehe – einfach so ergeben. Bettina hatte, als die Jungen in den Kindergarten kamen, Fahrunterricht genommen. Und kurz nachdem sie die Führerscheinprüfung bestanden und ein paar Fahrten unter Gunters kopfschüttelnden Belehrungen hinter sich hatte, war dann die Sache mit der langen Schramme im Silber-Metallic-Lack an Tür und Kotflügel von Gunters BMW passiert, als sie die Einfahrt zur Garage zu knapp genommen hatte. Noch lange hatte sie das Geräusch von schleifendem Metall auf Stein im Ohr. So etwas sollte sich besser nicht wiederholen, mit einem neuen Wagen, fand sie sogar selbst damals.

Kein Fenster war erleuchtet, als sie gegen zehn Uhr durch den Vorgarten ging. Die Zwillinge also wieder irgendwo unterwegs. Aber wo war Gunter? Im Flur roch es nach Leim und Farbe. Sie öffnete die Tür zum Schlafzimmer. Niemand. Sie packte ihren Koffer aus, hängte den geschlitzten Rock in den Kleiderschrank und stellte die Sandaletten darunter. Nichts sollte mehr versteckt werden. Sie war völlig erschöpft.

Als sie im Bett lag und versuchte, durch wechselseitige Nasenatmung – Surya Bhedana Pranayama hieß das in dem vom Yoga inspirierten Atemkursus – ihr Nervensystem zu beruhigen, wie sie es gelernt hatte, hörte sie den Schlüssel in der Haustür. Nach einigem Türenschlagen kam Gunter herein und schaltete die Deckenbeleuchtung an. »Ah – wieder da?« sagte er.

»Guten Abend, Gunter. Warst du aus?«

»Allerdings. In der *Sonne*. Ich musste ja schließlich irgendwas essen.«

»Habt ihr nichts mehr im Haus gehabt? Ich hatte Piet doch einen Plan gemacht.«

»Na, Kochkünstler sind deine Söhne ja nun nicht gerade. Es war mehr oder weniger verheerend. So lange kannst du einfach nicht wegbleiben, Bettina.«

»Tut mir leid. War sonst alles in Ordnung?«

»Ich habe mit dem Renovieren angefangen. Das Wohnzimmer ist fast fertig.«

»Ich schaue es mir morgen früh an, bin jetzt zu müde.«

»Ach ja, und eine Frau Morau hat vorhin angerufen. Judith Morau.«

»Hat sie eine Nachricht hinterlassen?«

»Du sollst zurückrufen. Wer ist denn das, wenn ich fragen darf?« Gunter streifte seinen Blouson ab und hängte ihn über die Stuhllehne. Bettine blinzelte in die Deckenbeleuchtung.

»Eine Freundin von mir.«

»Von der habe ich ja noch nie etwas gehört.« Er öffnete den Hosenbund, knöpfte sein Hemd auf, zog es aus und setzte sich.

»Ich habe sie vor einiger Zeit im Zug kennengelernt und mich mit ihr angefreundet.«

Er bückte sich, löste die Schnürsenkel und schüttelte die Schuhe ab. »Wohnt die hier?« Er stand halb auf, ließ seine Hose herunter und schwenkte die Füße abwechselnd, um aus den Hosenbeinen zu kommen.

»Nein, in Frankfurt.«

»Ach. Und da trefft ihr euch?« Er setzte sich mit verrutschter Unterhose auf den Stuhl und streifte seine Socken ab.

»Sag mal«, fragte Bettina, »ist das hier ein Verhör oder was? Ich möchte jetzt schlafen.«

»Ziehen sich die angeblichen Besuche bei deiner Mutter deshalb so in die Länge, weil du dir unterwegs eine Zwischenstation bei deiner Freundin gönnst?« Jetzt streifte er sich sein Netzhemd über den Kopf.

»Wenn ich heute bei ihr gewesen wäre, hätte sie ja hier wohl nicht angerufen.« Nun schickte er sich an, aus der Unterhose zu steigen. Sie schloss die Augen.

»Na, aber irgendwo musst du sie doch treffen«, bohrte er weiter.

»Ich habe sie erst zweimal in meinem Leben gesehen!«

»Und das nennst du eine Freundin?« Jetzt zog er gottlob die Schlafanzughose über den Bauch.

»Bitte, Gunter, hör auf! Wie es Mama geht, scheint dich ja überhaupt nicht zu interessieren.«

»Also: Wie geht es deiner lieben Mutter?« Endlich schaltete er das Licht aus und ließ sich ins Bett fallen. Sie wendete den Kopf zur Seite, um seinem Mundgeruch nach Zwiebeln und Bier auszuweichen.

»Leider nicht gut. Sie hat wohl eine ernsthafte Magensache.«

»Immer mal was Neues.«

»Lass uns jetzt schlafen, Gunter.«

An Schlaf war natürlich zunächst nicht mehr zu denken. Warum hatte Judith angerufen? Hatten sie sich verpasst? Warum war Gunter nur immer so inquisitorisch, ja beinahe feindselig? Es war unmöglich, ihm ganz normale Dinge zu erklären. Hatte sie das überhaupt jemals gekonnt? War sie mitschuldig an seinem Verhalten, weil sie ihm aus Ängstlichkeit so vieles verschwiegen hatte? Aber das musste sie ja, weil er eben alles ablehnte, was nicht seiner Vorstellung von Familienleben oder seinem Kosten-Nutzen-Denken entsprach. Sie müsste offener mit ihm umgehen und sich notfalls zur Wehr setzen. So jedenfalls konnte ihr Leben nicht bleiben ... Wo waren Piet und Jan? Schon seit längerer Zeit wusste sie kaum noch, wo und mit wem sie ihre Abende verbrachten. Sie wurden im November siebzehn, zwei junge Männer fast, die sie bald nicht mehr brauchen würden. Gute Mahlzeiten und saubere Wäsche. Das war's.

Sie dachte an die letzten Tage, an die Vertrautheit mit Judith, spürte noch einmal die entsetzliche Enttäuschung über Robertos Abwesenheit, dachte an die Angst und dann die Erleichterung wegen ihrer Übelkeit, an den aufregenden Besuch bei Giltemeier – und voller Sorge und Liebe an die Mutter, diese tapfere, magere alte Frau, die wie sie selbst so vieles unterdrückt und verschwiegen hatte ... Das Heitere und das Grausame dicht beieinander ... Aber wo war bei ihrer Mutter die Heiterkeit geblieben? Nein, so wollte sie nicht werden, so wollte sie nicht leben.

Zunächst versuchte Bettina es noch einmal mit der wechselseitigen Nasenatmung. Surya Bhedana Pranayama. Prana heißt Lebenskraft, so hatte sie gelernt.

»Hallo, Mami.« Piet kam in die Küche und setzte sich an den gedeckten Frühstückstisch. »Na, das sieht ja hier schon wieder ganz anders aus.« Bettina hatte in der Mikrowelle Brötchen aufgebacken und ein Glas Kirschmarmelade aus dem Keller geholt. Jan kam herein und gab ihr einen flüchtigen Kuss auf die Wange. »Hallo. Schön, dass du wieder da bist. Wie geht's Oma?«

»Gar nicht gut.«

»Ach.«

Sie schlürften den heißen Tee und bissen kräftig in ihre Brötchen. Bettina sah ihnen liebevoll zu.

»Das war ja der reinste Horror hier mit Papa«, sagte Piet kauend.

»In welcher Hinsicht?«

»Mit der Möbelrückerei und so.«

»Möbelrücken? Wo denn?« fragte Bettina erschrocken.

»Na, im Wohnzimmer.« Die Jungen standen fast gleichzeitig auf.

»Hast du es noch nicht gesehen? Wir müssen jetzt los.«

»Tschüs.«

Daran hatte sie ja heute früh noch gar nicht gedacht! Bettina rannte über die Diele und riss die Tür auf.

»Das kann doch nicht wahr sein«, flüsterte sie. »Nein! Nein! Nein!«

Die Wände waren rosa tapeziert, nicht hellrosa etwa, was ja schon schlimm genug gewesen wäre, sondern in einem schmutzig wirkenden, in sich gemusterten Dunkelrosa, die Türrahmen gelblich mit Grünstich lackiert.

Gunter kam die Treppe herunter.

»Na?« fragte er. Bettina sah ihn fest an.

»Gunter, das kann so nicht bleiben.«

»Was meinst du damit? Ich habe hier vier Tage lang geschuftet, während du in der Weltgeschichte herumgedudelt bist –«

Sie zwang sich zur Ruhe. »Gunter, wir hätten das absprechen müssen. Du hättest meine Rückkehr abwarten können –«

»Bis du den Gedankenaustausch oder was auch immer mit deiner Freundin in Frankfurt beendet hast?«

»Also, Gunter!«

»Was hast du denn nun eigentlich auszusetzen?« fragte er ärgerlich.

»Die Farben! Wir hätten die Farben gemeinsam aussuchen müssen!«

»Ich finde, es sieht gut aus. Nicht diese kahlen weißen Wände, wie sie die meisten Leute heute haben. Es wirkt gediegen.«

Eine heiße Wut stieg in Bettina hoch. »Gediegen! Es wirkt einfach nur dunkel. Dunkel und dreckig. Und farblich passen weder die Sessel noch die Kissen noch sonst was dazu. Und schon gar nicht unsere Vorhänge. Wo sind die überhaupt?«

»Im Keller. Die könntest du mal waschen, die haben's nötig.«

»Die kann man nicht waschen, die werden gereinigt.«

»Bitte. Von mir aus auch das.«

»Es hat sich erübrigt. In diesem Zimmer wären gelb gemusterte Vorhänge einfach ein Witz. Wie bist du denn um Gotteswillen auf diese Farbe gekommen?«

»Ich habe mich von einem sehr kompetenten Fachmann beraten lassen. Die Tapeten waren ein Restposten. Aber du weißt ja alles besser, du hast ja den Geschmack gepachtet.«

»Es ist unser gemeinsames Wohnzimmer«, sagte sie mit leicht zusammen gekniffenen Augen durch die Zähne. »Und ich will in diesem Raum nicht leben.«

Gunter musterte sie erstaunt, mit hochgezogenen Brauen. Einen solchen Ton hatte sie sich während ihrer ganzen Ehe noch nicht erlaubt. »Das wirst du aber müssen, mein Kind.« Er setzte sich auf die Couch und schlug die Beine übereinander. »Bringst du mir jetzt bitte mein Frühstück herüber?«

»Das kannst du dir selbst holen!« Sie rannte hinaus und schlug die Tür hinter sich zu.

Im Schlafzimmer warf sie sich schluchzend aufs Bett. In ihrem gemeinsamen Schlafzimmer! Ihr wurde bewusst, dass sie im ganzen Haus keinen einzigen Raum hatte, in dem sie allein sein konnte. Wo sollte sie hin? Geht das allen Frauen hier so? Ist das in all diesen Einfamilienhäusern das Gleiche? fragte sie sich. Nein, nicht überall. Gabi zum Beispiel hat einen eigenen Arbeitsraum, fast ein Atelier. Und in einigen andern Häusern ist der Dachstuhl ausgebaut. Aber bei den meisten ist es wohl ähnlich wie hier, selbst wenn die Häuser größer sind. Für die Hausfrau ist kein eigenes Zimmer vorgesehen. Allenfalls ein Sekretär zum Briefeschreiben in einer Wohnzimmerecke. Allerdings sind die meisten Frauen vorläufig wenigstens noch tagsüber allein, die Männer im Geschäft. Bei denen ist die Rentnerfalle noch nicht zugeschnappt.

Bettina legte sich auf den Rücken und versuchte es mit der Tiefatmung. Aus dem den Kursus begleitenden Buch erinnerte sie den Satz: »Durch regelmäßige Tiefatmung verlieren Sie die Dauermüdigkeit, unter der besonders Hausfrauen leiden. Sie können Ihre Verdauung und Ihren Gesundheitszustand, Ihre gesamte Einstellung zum Leben verbessern ...«

Die gesamte Einstellung zum Leben. Na, da brauchte sie wohl doch noch etwas mehr als frische Luft.

Sie sprang auf, rannte die Treppe hinunter, riss im Flur ihre Tasche vom Garderobenhaken und verließ das Haus. Die Telefonzelle war, wie fast immer auf dem Dorf, frei.

Diesmal war Judith gottlob am Apparat.

Sie war am Nachmittag vorher in einen Auffahrunfall verwickelt gewesen und konnte nicht rechtzeitig am Bahnhof sein, hatte versucht, Bettina noch bei ihrer Mutter zu erreichen, die übrigens sehr lieb gewesen sei. »Wir hatten ein richtiges kleines Gespräch. Wie war denn der Empfang zu Hause?«

Bettina schilderte das altrosa Wohnzimmer. »Aber weshalb ich dich gestern unbedingt sprechen wollte: Roberto ist verschwunden! Er ist angeblich in Chile.« Sie gab eine Kurzfassung der letzten Tage. »Was soll ich bloß tun, Judith? Was soll ich tun?« schluchzte sie in den Apparat. »Und jetzt ist gleich meine Telefonkarte leer!«

»Ich versuche herauszukriegen, wo er sich aufhält«, hörte sie Judith noch sagen.

Während Bettina Maultaschen für das Mittagessen vorbereitete, kam Gunter in die Küche. »Na? Wieder Vernunft angenommen?«

Sie schob die Schüssel beiseite. »Über das Wohnzimmer habe ich meine Meinung nicht geändert, wenn du das meinst. Setz dich bitte, Gunter. Ich habe dir ein paar Dinge zu sagen.« Er blieb stehen. »Ich habe in letzter Zeit über einiges nachgedacht.«

»Hört! Hört!«

»Lass bitte ein einziges Mal diesen ironischen Ton! Durch dein Zuhausesein hat sich unser Leben sehr verändert.«

»Wie wahr. Ich habe gottlob mehr Zeit.«

»Dann setz dich doch mal hin.«

»Ich stehe gern.«

»Wir müssen uns beide überlegen«, fuhr sie fast beschwörend fort, »wie wir in Zukunft leben wollen. Wir haben uns beide im Lauf unserer Ehe verändert. Du hast dich im Geschäft immer mehr daran gewöhnt, dass deine Befehle ausgeführt werden. Und ich bin in letzter Zeit selbständiger geworden.«

»Und nun bestimmst du, wie ich die Wände zu streichen habe.«

»Es geht nicht nur ums Wohnzimmer.« Ihr Ton war nun schon schärfer. »Du kannst es allein genießen, wenn du willst. Aber ich möchte dann auch einen Raum für mich haben.«

Gunter lachte spöttisch auf. »Was du nicht sagst. Und zu welchem Zweck, wenn ich fragen darf?«

»Um allein sein zu können. Um zu lesen zum Beispiel, anstatt fernzusehen.« Sie fasste all ihren Mut zusammen und fügte hinzu: »Und um allein zu schlafen.«

Gunter stieg das Blut in den Kopf. »Du bist ja vollkommen übergeschnappt!« schrie er. »Wie kommst du denn auf diesen Blödsinn? Hat dich deine neue Freundin dazu aufgehetzt? Ist das 'ne Emanze? Oder etwa gar 'ne Lesbe?«

»Ich höre mir das nicht länger an«, sagte Bettina mit letzter Beherrschung. Sie stand auf, ließ Hackfleisch und Teig in den Schüsseln stehen und rannte hinaus ... und wusste nicht wohin. Sie ging zweimal im Kreis um den Garten herum und dann in den Keller. Sie schloss den sogenannten Hobbyraum auf. Außer der großen Tischtennisplatte und dem Regal mit den Rollerblades, Schutzhelmen und Knieschützern der Jungen, den an der Wand aufgehängten Surfbrettern und einem Schrank mit Kartons voller Gesellschaftsspiele zeugte nichts von irgendeinem Hobby. Bettinas Entschluss war gefasst. Hier würde sie einziehen. Die Zwillinge halfen ihr am Nachmittag beim Umräumen. Da sie selbst gemeinsam ein Schlaf- und ein Arbeitszimmer hatten, leuchtete es ihnen ein, dass auch ihrer Mutter ein eigener Raum zustand.

»Hauptsache, du bleibst überhaupt hier«, meinte Jan leicht verstört. »Papa ist ja wirklich nervig.«

»Also, echt, Mami, ihr solltet vielleicht mal in 'ne Eheberatung gehen oder so was«, sagte Piet.

»Meinst du so wie neulich in der Talkshow?« Jan lachte. »Wo die ganzen Oldies, im Kreis sitzend, sich öffentlich über ihre Partner beschwerten, und dann wurde ein Film gezeigt, wie so ein katholischer Psychoheini Ehen kittete? Erst mussten die Leute sich gegenseitig streicheln und dann mit Stöcken aufeinander losgehen und schreien, oder war's umgekehrt?«

»Ach, du meinst den Film, wo sich der fette Schnauzbart und seine hübsche Frau nachher mit Schnee bewarfen!« Piet kicherte. »Das war ja echt ätzend!«

Nein, Bettina hatte nicht vor, sich mit Gunter eine Schneeballschlacht zu liefern. Aber dass ein neutraler Mensch sich einmal mit Gunters Hilflosigkeit nach seinem Machtverlust durch den Ruhestand befasste, wäre sicher ganz angebracht, allerdings konnte man ihm eine Beratung ja leider nicht zwangsverordnen lassen.

Gunter sprach nicht mehr mit ihr. Die Mahlzeiten ließ er sich in das vorhanglose Wohnzimmer bringen. Die Jungen wechselten sich beim Service ab. Einmal war er eher als Bettina am Apparat, als das Telefon läutete. Sie hörte gerade noch, wie er sagte: »Und ich möchte nicht, dass Sie uns weiterhin telefonisch belästigen.«

»Wer war das?« fragte Bettina. Sie dachte an Judith, die sie ja Gott sei Dank zurückrufen konnte. Aber noch eine jähe Hoffnung schoss in ihr hoch – könnte Roberto auf irgendeine Weise ihre Nummer ... ?

Gunter antwortete nicht und ging ins Wohnzimmer. Sie folgte ihm.

»Gunter, ich möchte wissen, wem du in meinem Namen untersagt hast hier anzurufen!«

Er schaltete den Fernseher ein. Sie schaltete ihn aus und blieb mit dem Rücken davor stehen.

»Gunter«, sagte sie und zwang sich noch einmal zur Ruhe. »Wir sind nicht das einzige Ehepaar, das durch den Ruhestand in eine neue, schwierige Situation geraten ist. Wir müssen einen Weg finden. Vielleicht sollten wir uns beraten lassen. Wir sind doch nicht die einzigen, denen so etwas passiert. Es muss doch heutzutage Psychologen geben, die darauf spezialisiert sind ...«

Gunter fuhr auf: »Jawohl, zum Therapeuten! Da gehörst du vielleicht hin! Ich habe keine Probleme!«

»Es gibt ja auch Paarberatungen ...«, sagte sie bemüht freundlich.

»Mich auch noch zum Geistesgestörten abzustempeln! Jetzt hört aber alles auf!«

Nun wurde sie heftiger: »Du willst einfach nicht, dass es besser wird!«

Er schaltete wieder den Fernseher ein. Es war zwecklos.

Eigentlich hatte sie sich vorgenommen, nicht mehr von der Zelle aus zu telefonieren, sondern frei und offen zu tun, was sie für richtig hielt. Aber wenn er aus der Abrechnung Judiths Telefonnummer erfuhr, waren seine Reaktionen unvorhersehbar.

»Judith? Hast du vorhin angerufen?«

»Ja. Sag mal, dein Mann dreht jetzt ja wohl völlig durch. Ich wollte dir sagen, dass ich weiß, wo Roberto ist.«

»Nein! Wie hast du das herausgekriegt?«

»Über Giltemeier. Ich hab es getarnt als Anfrage eines deutsch-chilenischen Filmteams beim ZDF wegen Mitarbeit et cetera.«

»Du lügst also auch manchmal.«

»Aber nur, wenn es um Leib und Leben geht. Giltemeier hatte wenigstens die Telefonnummer der Mutter in Valparaiso in seiner Datei. Bei der hab ich einen spanischen Kollegen anrufen lassen. Und jetzt kommt das Verrückte: Roberto Pascual filmt tatsächlich zur Zeit – aber irgendwo in den Kordilleren. Die Mutter meinte, vielleicht für fünf Monate oder so, man wüsste nicht genau ... He, bist du noch dran?«

»Hm.«

»Bettina, ich wollte dir helfen!«

»Klar.«

»Ich find ja auch, es klingt nicht enorm erheiternd.«

Nach ein paar Sekunden sagte Bettina mit tränenerstickter Stimme: »Danke für alles! Ich ruf dich wieder an. Ich hasse alle Männer.«

Nachdem sie den Hörer aufgehängt hatte, sagte sie sich, sie sei ja selbst schuld, dass sie von Robertos Plänen nichts wusste. Aus Angst vor Gunter hatte sie ihm ihre Telefonnummer nicht gegeben. Allerdings hatte Roberto auch nie danach gefragt. Oder doch, einmal? Und er hatte jedes Mal dringlich gebeten, sie solle wiederkommen. Alles war in dieser wunderbaren, sehnsüchtigen Schwebe geblieben. Und nun war er fort, für Monate, vielleicht für immer.

Ein paar Tage später bekam sie plötzlich Lust, wie früher in die Stadt zu fahren. Warum eigentlich nicht? Sie hatte den Haushalt versorgt und legte nun einen Zettel auf den Küchentisch: »Quiche Lorraine ist schon vorgebacken. Bei 180 Grad ca. 10 Min. erhitzen. Bin gegen Abend zurück.«

Zuerst besuchte sie Max in der Buchhandlung, der mit Umarmung und Wangenkuss seine Freude kund tat und ihr im Hinterzimmer die neuesten Ausstellungskataloge vorlegte. Er hatte auf diesem Gebiet Feuer gefangen und

Kunden gewonnen. Auch den Helmut-Newton-Band hatte er nachbestellt. Sie blätterte darin, während Max im Laden bediente, und suchte die Fotos, die sie gemeinsam mit Roberto betrachtet hatte, sah sie lange an, und ihr fiel einiges ein, was sie ihm dazu noch gern gesagt hätte. Bei dem Bild von Newtons Frau June mit der Zigarette stockte ihr der Atem. Sie nahm sich aber zusammen, klappte den Band zu und vertiefte sich stattdessen in die geheimnisvollen, betörenden Urwaldbilder in dem Henri-Rousseau-Katalog aus Tübingen. Mehr noch als von den Porträts war sie angetan von den zauberischen Grün-, Braun- und Gelbtönen der Bäume in den Gärten, Landschaften und Wäldern, und von dem schwarzen Geäst vor den vielfarbigen Himmeln. Als Sechs- oder Siebenjährige hatte sie, nachdem sie wieder einmal auf dem Rasen hinter der benachbarten Kaserne sich bis zum Schwindel im Kreis gedreht und dann auf den Rücken gelegt und in den Himmel geblickt hatte, zu ihrer Mutter gesagt: »Wenn ich groß bin, Mama, male ich nur Wolken und Bäume.« Sie erinnerte sich genau an die trockene Antwort der Mutter: »Dann üb man schon mal fleißig an deinen Ostereiern. Die waren ja nicht gerade perfekt.« Ostereier! Bettina hatte sich, wie meistens, unverstanden gefühlt. Und dieser Henri Rousseau nun hatte die Blätter und Äste und Wolken genauso gemalt, wie sie mit ihren Kinderaugen sie gesehen hatte, unrealistisch, oder sollte man besser sagen: irreal, die Kindervorstellung von Bäumen und Wolken. Die Ausstellung in Tübingen lief noch, und sie überlegte, wie sie es anstellen könnte, sie zu sehen, und bat Max um einen Fahrplan, den er allerdings nicht hatte; aber er ließ seinen Azubi die Auskunft anrufen. Zum Abschied gab er ihr ein paar Lesexemplare von neu erschienenen Büchern gratis mit. »Aber Sie müssen mir sagen, wie Sie Ihnen gefallen.«

Dann ging sie in aller Ruhe in die Kunsthalle, zu den Niederländern diesmal, in Erinnerung an Giltemeiers kostbare Sammlerstücke, danach hinauf in die Bibliothek – wo die Mitarbeiterin sie zu ihrer Freude wiedererkannte, es gab ihr ein Gefühl von Zugehörigkeit – um etwas über den Maler Willem Kalf nachzulesen. In der Waldstraße in einem kleinen Restaurant, wo ein paar ganz interessant aussehende junge Leute an Marmortischchen saßen, nahm sie einen Imbiss und kaufte sich nebenan in einer Boutique ein hellblaues T-Shirt.

Es war nach langer Zeit zum ersten Mal wieder ein rundum erfreulicher Tag gewesen.

Die Zwillinge waren nicht da, als sie nach Hause kam. Sie öffnete die Wohnzimmertür. Gunter sah fern.

Sie sagte: »Ich bin zurück.« Er antwortete nur: »Ach?« Sie ging in den Hobbyraum hinunter, setzte sich in ihren Campingstuhl und begann zu lesen. Morgen würde sie nach Tübingen in die Rousseau-Ausstellung fahren. Und sie beschloss, sich einstweilen um Gunter einfach nicht mehr zu kümmern. Sie würde sich für einen Computer Crashkurs, ganztags, anmelden, der in der Zeitung annonciert war. Etwas Nützliches, dagegen konnte er nichts haben. Jan und Piet hatten jetzt Ferien und verbrachten die Tage weitgehend im Schwimmbad. Im August sollten sie für drei Wochen zu einer Familie in der Nähe von London, um ihr Englisch zu verbessern.

Am Sonntag nachmittag war es sehr schwül. Gunter saß auf der Terrasse, Bettina bei weit geöffneten Fenstern und offener Tür im Hobbykeller. Jan, nur mit einer Turnhose bekleidet, brachte Gunter auf einem Tablett Sprudel im Kühler, ein Glas und die Campariflasche und stellte alles auf den Tisch.

Und da geschah es: Bettina hörte Gunters wütende Stimme, dann das Scharren des Gartenstuhls auf den Steinplatten, klatschende Schläge, Schreie von Jan. Sie rannte hinaus. Piet war schon vor ihr da, riss Jan, der sich schützend die Arme vors Gesicht hielt, beiseite und stand nun mit geballten Fäusten vor seinem Vater.

»Du schlägst meinen Bruder nicht noch einmal!« schrie er.

»Was?« Gunter holte aus, Piet duckte sich, Gunter schlug ins Leere und taumelte. Im Nachbargarten wurde die Radiomusik abgestellt. Es war totenstill, nur in der Ferne hörte man einen Hund bellen. Gunter sank mit hochrotem Kopf auf seinen Stuhl. Piet hatte Jan den Arm um die Schultern gelegt.

»Was ist hier eigentlich los?« fragte Bettina verstört.

Die Jungen drehten sich zu ihr um. Auf Jans Brust las sie in verschlungenen blauen Großbuchstaben: »Klonen muss sich lohnen. Ich bin ein Klon von Piet«. Daneben rankte sich um die rechte Brustwarze ein blaues Herz aus Lorbeerblättern.

»Mein Gott«, flüsterte Bettina. »Ist das tätowiert?«

Jetzt zog sich Piet sein T-Shirt über den Kopf. Auf seiner Brust der gleiche Spruch und: »Ich bin ein Klon von Jan.« Das Lorbeerherz umrahmte seine linke Brustwarze.

»Cool, was?« fragte Piet. »Unser Beitrag zur Gentechnik-Debatte.« Bettina starrte die Jungen mit großen Augen an.

»Reg dich nicht auf, Mama«, beschwichtigte Jan, als er ihr entsetztes Gesicht sah. »Es sieht nur aus wie ein Tattoo. Es ist Farbe.«

»Wir haben es uns gestern fürs Baggersee-Fest gemacht«, erklärte Piet. »Alle fanden es geil.«

Bettina konnte zwar den Humor der Sechzehnjährigen nicht teilen, aber besonders über Gunter schüttelte sie verständnislos den Kopf. Ohne zu fragen einfach zuzuschlagen! Gunter trank ein großes Glas Campari pur in einem Zug. Er entschuldigte sich nicht. Im Nachbargarten wurde das Radio wieder angestellt. Eine herrliche Altstimme erklang mit Carmens Todeslied: »Wem die Karten einmal bittres Unheil künden.«

Drei Tage später kam Gunter mit Bankauszügen in der Hand in die Küche. »Darf ich fragen, was diese Lastschrift über 360 DM zu bedeuten hat?«

»Ich nehme an einem Computerkurs teil.«

»Und wieso fragst du mich nicht, ehe du mein Geld ausgibst?«

»Weil du mir nicht antwortest, wenn ich dich etwas frage. Und es dürfte ja wohl unser gemeinsames Konto sein.«

»So? Aber nicht mehr lange, wenn du so weitermachst.«

»Lass doch diese Drohungen, Gunter. So arm sind wir ja nun wirklich nicht. Du warst mit Recht stolz über die Höhe deiner Abfindung. Du kannst doch im Ernst nichts dagegen haben, wenn ich etwas lernen möchte, das heutzutage jedes Kind beherrscht.«

»Und wozu soll das gut sein?«

»Um mich fit zu halten.«

Gunter schnaubte durch die Nase. »Fit halten! Dass ich nicht lache! Halt dich lieber mal als Hausfrau fit und näh die Knöpfe an meinen Hemden nach. Die sind fast alle locker.«

»Gunter, diese Art Gespräch bringt doch nichts. Lass uns damit aufhören. Ich weiß, du hast es schwer jetzt ...«

»Sehr wahr«, sagte er, »mit einer Frau, die sich selbst verwirklicht«, und ging hinaus.

Selbstverwirklichung durch einen Computerkurs.

Am Abend rief sie ihre Mutter an, deren Stimme schwach und zittrig klang. Sie hatte weiterhin diese Magenbeschwerden.

»Bist du noch mal bei dem Arzt gewesen?« fragte Bettina besorgt. Die Mutter holte gerade aus, um sich über diesen Doktor zu beschweren, als Gunter über den Flur kam.

»Genug geschwätzt«, sagte er und drückte den Hörerhalter nieder.

»Also, jetzt langt's mir!« schrie Bettina. »Ich telefoniere mit meiner kranken Mutter und du unterbrichst einfach das Gespräch!«

»Wir leben nicht mehr im Luxus, mein Kind. Vergiss nicht, dass ich in Rente bin.«

»Oh, nein! Das vergesse ich ganz bestimmt nicht! Daran werde ich täglich und stündlich durch deine Anwesenheit erinnert!« Sie wählte erneut die Nummer ihrer Mutter.

Als sie zwei Tage später auf der Sparkasse Geld abheben wollte, teilte ihr der Beamte mit, er könne ihr nichts auszahlen.

»Das muss ein Irrtum sein«, sagte sie ungläubig und versuchte zu lächeln. Der Mann hinter dem Schalter, der sie seit Jahren kannte, hob die Schultern.

»Tut mir selbst leid, Frau Burgner. Ihr Mann hat die Vollmacht zurückgezogen. So was kommt hier gelegentlich vor, wenn bei den Kunden der Haussegen schief hängt. Das wird schon wieder.«

So weit war es also gekommen. Jetzt wurde sie schon von anderen Menschen bedauert. Sie bekam nur mit Mühe Luft, als sie das verhasste Wohnzimmer betrat. »Wenn du mir nicht sofort wieder Bankvollmacht für das Girokonto erteilst«, sagte sie mit leicht zusammengekniffenen Augen, »ziehe ich aus.«

Gunter lächelte spöttisch. »Du sollst hier ja nicht darben. Ich gebe dir jede Woche dein Haushaltsgeld und sogar noch Taschengeld dazu, wie den Jungen auch.«

»Und was versprichst du dir von dieser diskriminierenden Maßnahme?«

»Kontrolle über unsere Finanzen.«

»Und über mich.«

»Das ist vielleicht gar nicht so unangebracht. Schließlich bin ich ja noch dein Ehemann.«

»Noch!« schrie sie und schlug die Tür zu.

Sie würde weggehen. Sie konnte sich nicht mehr in dieser Weise erniedrigen lassen ... Plötzlich wurde ihr bewusst, dass sie nur noch ungefähr sechzig Mark im Portemonnaie hatte. Sie durfte keinen übereilten Schritt tun. Zwölf Mark brauchte sie allein für die nächste Telefonkarte. Und demnächst kam die Umstellung auf den Euro. Wie sollte das alles funktionieren? Sie musste mit Judith sprechen. Während die Zwillinge in England waren, würde sie den bereits vom Konto abgebuchten Computerkurs bis zum Abschluss nehmen als Grundlage für einen Job, welcher Art auch immer. Sie würde mit Jan und Piet reden, wenn sie zurückkamen. Sie würde zu Judith oder zu ihrer Mutter fahren. Fast erstaunt stellte sie fest, dass sie erst jetzt an Roberto dachte.

Früher Morgen, Mitte September. Die Zwillinge waren aus England zurück, und Bettina stand bereits vor dem Frühstück zwischen Bergen von Wäsche in dem kleinen Arbeitsraum neben der Küche, als das Telefon läutete. Sie lief auf den Flur, aber Gunter war schon am Apparat.

»Was wollen Sie? ... Nein, Ihr Name ist mir nicht bekannt. Meine Frau ist nicht –«

»Wer ist dran?« fuhr Bettina dazwischen. Sie riss ihm den Hörer aus der Hand. Gunter blieb neben ihr stehen.

»Ah, Frau Mischreuter ...«

»Schon wieder eine neue Freundin?« fragte er.

»Halt jetzt bitte den Mund. Es ist die Nachbarin von Mama.«

Auf diese Weise erfuhr Bettina, dass ihre Mutter in der Nacht Blut erbrochen hatte und mit schlimmen Schmerzen ins Krankenhaus eingeliefert worden war.

Bettina weckte die Jungen, erklärte ihnen, dass sie sofort nach Hannover müsse und was sie mit der Wäsche tun sollten und dass sie noch nicht wisse, wann sie zurückkäme.

Zwei Augenpaare blickten sie prüfend an.

»Sag mal ehrlich, Mami«, fragte Jan ängstlich, »hast du überhaupt vor wiederzukommen?«

Bettina setzte sich auf Piets Bettrand. »Ich muss mich in nächster Zeit erst mal um Oma kümmern«, sagte sie. »Und später ... Ich glaube kaum, dass ich auf Dauer mit eurem Vater weiter zusammen leben kann. Ihr wisst, wie lieb ich euch habe. Aber so geht es einfach nicht mehr.«

Piet nickte nachdenklich und sagte beinahe beruhigend: »Bei den meisten in unserer Klasse sind die Eltern geschieden.«

»Na, sagen wir bei einem guten Drittel«, verbesserte Jan. Er wendete sich ab und blickte aus dem Fenster. »Ich habe es mir immer scheußlich vorgestellt.« Dann sah er wieder seine Mutter an. »Aber Olga sagt, ihr macht es jetzt nichts mehr aus, im Gegenteil.«

»Wer ist Olga?« fragte Bettina.

»Ein Mädchen aus unserer Klasse«, antwortete Piet. »Jan ist mit ihr ...« Jan zog die Augenbrauen hoch und schüttelte abwehrend den Kopf.

»Und Peggy kennt ihren Vater überhaupt nicht.« Jan lenkte ab. »Ich habe sie mal gefragt, ob sie denn nicht nach ihm sucht, ob sie nicht wissen will, was für ein Mensch er ist. Aber sie hat bloß gelacht und hat gesagt, nee, danke, ihr langt schon ihre Mutter.«

»Die Freundin von Saschas Vater ist zwanzig Jahre jünger als der und ziemlich sexy. Sascha geht da nicht mehr hin.«

»Weißt du, Mami«, sagte Piet tröstend, »bei uns ist ja manches leichter als bei andern, weil wir zu zweit sind. Und wir sind ja auch keine kleinen Kinder mehr.«

»Wenn ihr meint, dass ihr nicht allein mit Papa bleiben wollt, könnten wir vielleicht nach einem Internat suchen«, schlug Bettina vor. »Lasst es euch durch den Kopf gehen. Ich muss jetzt leider packen.«

Gunter bot immerhin an, sie zum Zug zu bringen, machte aber natürlich beim Einladen des Koffers über dessen Gewicht eine ironische Bemerkung, die sie überhörte. Auf dem Bahnhof kaufte er eine Rückfahrkarte nach Hannover und überreichte sie ihr. »Voilá ...«

Bettina sagte: »Ich möchte dich bitten, die Sperrung der Bankvollmacht wieder rückgängig zu machen. Ich weiß nicht, wie lange ich bleibe, und muss meine Scheckkarte benutzen können.«

Er zog seine Brieftasche, zählte hundertfünfzig Mark in Scheinen ab und gab sie ihr mit den Worten: »Das dürfte ja wohl reichen fürs Erste.«

Sie sah ihn kopfschüttelnd an. »Traurig, Gunter, wie weit es mit uns gekommen ist. Leb wohl.«

»Gruß an deine Mutter«, murmelte er etwas verlegen. »Gute Reise«, und wendete sich zum Gehen.

Als Bettina das Krankenzimmer betrat, standen zwei Schwestern und ein Arzt über das Bett gebückt. Jetzt richtete der Arzt sich auf, nickte und sagte ruhig: »Exitus.« Die eine der Schwestern hantierte an einer Kanüle an der Hand der Patientin, die andere zog ihr einen Schlauch aus der Nase. Bettina schob den Arzt mit den Worten: »Ich bin die Tochter« beiseite und beugte sich über ihre Mutter.

Sie sah fremd, aber noch beinahe lebendig aus, mit leicht gerunzelter Stirn. Ihre Züge hatten noch nicht die Ruhe des Todes angenommen. Der Mund stand offen. Bettina strich ihr über das Gesicht. Der Arzt murmelte etwas von Ulcus ventriculi, räusperte sich, gab Bettina die Hand und sagte: »Herzliches Beileid«, während die jüngere der Schwestern der Toten das Kinn hoch schob. Bettina stand stumm neben dem Bett. Auf dem Balkon, der an den Krankenzimmern entlang lief, hörte man durch das gekippte Fenster die seufzende Stimme einer Frau: »Morge muss ich hoim.« Eine andere sagte: »Vielleicht verschreibt der Doktor Ihnen ja eine Kur.«

Der Arzt ging hinaus. Die ältere der Schwestern fasste Bettina am Arm und bat sie, draußen zu warten. »Sie können dann gleich wieder herein und noch ein bisschen bei Ihrer Mutti bleiben, wenn Sie möchten.«

Am Ende des Flurs setzte sich Bettina an einen Tisch. Sie befand sich in einer Art Starre, als hätte man ihr eine

Glasglocke über den Kopf gestülpt. Sie nahm alles wahr, fühlte aber nichts. Sie konnte nicht weinen. Zwei ältere Frauen, die eine in geblümtem Frottee, die andere in gesteppptem Nylon-Morgenmantel, kamen über den Gang auf sie zu, nickten freundlich und setzten sich auf die beiden leeren Stühle. Jetzt sagte die Geblümte: »Ich tät lieber noch do bleibe ... En Mann dahoim isch ärger wie enne Beule am Arsch. Mer kann sich net setze, net stelle, net lege – überall isch der Maa.«

Bettina hätte beinahe laut aufgelacht über die Art, wie diese, offensichtlich wie sie aus Baden kommende, Hausfrau die Rentnerfalle auf den Punkt brachte. Irrwitz. Und drei Türen weiter lag ihre tote Mutter. Alles erschien ihr vollkommen unwirklich. Bettina stand auf, ging zum andern Ende des Flurs und sah aus dem Fenster in den blassblauen Septemberhimmel.

Danach saß sie am Bett ihrer Mutter. Erst jetzt begann sie zu begreifen, dass sie gestorben war. Das Gesicht war ihr schon weniger vertraut. Es war gelblich weiß, fast faltenlos, die Augenlider gewölbt, der Mund leicht geöffnet mit eingefallenen Lippen. Bettina schob die Rose, die sie am Bahnhof im Vorbeigehen gekauft hatte, zwischen die mageren Hände, die die Schwestern übereinander gelegt hatten, hob dabei die Linke mit dem verkürzten kleinen Finger ein wenig auf, streichelte sie. Sie strich der Mutter über die Stirn und den Ansatz der nach hinten gebürsteten Haare, die das Gesicht noch strenger, aber auch ebenmäßiger wirken ließen, und küsste sie auf die Stirn, aber es war nicht die Haut der Mutter. Sie spürte eine unbekannte Materie auf den Lippen, wie Pergament über Stein gespannt. Sie hatte noch nie einen toten Menschen gesehen. Ihre eigenen Probleme waren verschwunden. Der Tod war übermächtig. Sie suchte nach einer würdigen Form des Abschieds. Zum ersten Mal seit langer Zeit betete sie schließlich ein Vaterunser, war beinahe erstaunt, dass sie es fehlerlos im Kopf hatte. Die Mutter wurde ihr von Minute zu Minute fremder, war nun fern gerückt. In einer andern Welt.

Die ältere der Schwestern öffnete die Tür.

»Wir müssen Sie jetzt leider stören.«

Die jüngere rollte eine schmale Liege auf einem Fahrgestell herein und stieß damit geräuschvoll an den Türrahmen. Der geschäftige Krankenhausalltag forderte sein Recht.

Erst als sie die Wohnungstür aufgeschlossen und den bekannten, wenn auch heute abgeschwächten Geruch eingeatmet hatte, überfiel Bettina mit Macht der ganze Kummer. Sie stellte im Flur ihren Koffer ab, setzte sich in der Küche an den Tisch und schluchzte hemmungslos. Über den Tod und über das Leben, über die bedrängende mütterliche Überfürsorglichkeit in ihrer Kindheit, die Bettina später fast hasserfüllt abgeschüttelt hatte, über die nachfolgende Gleichgültigkeit zwischen ihnen und die neu aufkeimende Zärtlichkeit der letzten Wiedersehen, über das Schicksal der Mutter als junges Mädchen, ihre Herbheit, ihr Alleinsein, über die gegenseitigen Versäumnisse, das Verschweigen. Nun war alles zu spät.

»Und vergib uns unsere Schuld, wie auch wir vergeben unseren Schuldigern.« Eigentlich doch ganz gut, das Vaterunser, fand sie.

Nach einer Weile stand sie auf, ging zunächst ins Wohnzimmer, das aufgeräumt und leblos wirkte, grau und abgenutzt. Dann wagte sie es, die Tür zum Schlafzimmer zu öffnen. Die geblümte Überdecke war auf dem Bett ausgebreitet, einige Kleidungsstücke lagen ordentlich auf einem Stuhl gestapelt. Offensichtlich hatte Frau Mischreuter hier am Vormittag schon gewaltet. Freundlich. Aber Bettina hoffte trotzdem, noch ein bisschen in Ruhe gelassen zu werden. Sie rief Judith an, die sofort anbot zu kommen.

Nun war es leichter, mit Frau Mischreuter zu reden, die ausführlich berichtete, wie gegen zwölf Uhr nachts ihr Telefon geläutet, sie gar nicht gewusst habe, wer das sein könnte, aber dann das Wimmern der Mutter gehört habe, gleich hinuntergelaufen sei – »im Morgenrock, ich hatte schon die Lockenwickler im Haar, ›Wetten dass‹ war erst so spät zu Ende, Gottschalk war mal wieder über die Zeit« – wie die Mutter sich gekrümmt habe vor Schmerzen und sie, Frau Mischreuter, den Notarzt verständigt habe ... Bettina sah alles deutlich vor sich, in einer Mischung aus Wissenwollen und Schauder, Mitleiden und Abwehr.

»Hat sie noch etwas gesagt?«

»Sie hat geflüstert: ›Ich kann es nicht mehr aushalten. Ich will sterben, Kleine.‹ Und als der Notarzt ihr dann die Spritze gegeben hat, hat sie ein paar Worte gemurmelt, ich konnte sie aber nicht verstehen, es klang wie Französisch.«

Bettina brach wieder in Tränen aus.

Nach Judiths Ankunft war alles nicht mehr ganz so beklemmend und trostlos wie vorher. Judith hatte fürs Abendbrot kleine Salate, etwas Fisch und Käse mitgebracht, dazu glücklicherweise auch eine Flasche Rotwein. Sie aßen zusammen, sogar mit einigem Appetit, und Bettina berichtete. Es war wieder, als hätten sie sich schon immer gekannt.

Und dann war der Augenblick gekommen, in dem Bettina den hölzernen Kognakkasten, der ihrer Mutter zur Aufbewahrung ihrer Dokumente gedient hatte, aus dem obersten Fach der Schlafzimmerschrankwand holte und auf den Tisch stellte. Sie klappte die Scharnierverschlüsse und den Deckel hoch. Obenauf lag das in rotes Leinen gebundene Familienstammbuch mit den üblichen Urkunden von der Geburt bis zum Tode. Darunter fand sie in einer Mappe die Dienstzeugnisse der Eltern, natürlich alle vorzüglich, und drei Urkunden, die die Verleihung des EK II, des EK I und des Verwundetenabzeichens an Leopold Korf dokumentierten, außerdem ein persönliches Dankschreiben an die »hochgeschätzte, liebe Oberschwester Helga« von ihrem damaligen Chef; ein lustiges – leicht holperndes – Abschiedsgedicht von ihren Kolleginnen, ferner eine Versicherungspolice auf Sterbegeld – seltsamer Ausdruck, sagte Judith, als ob man fürs Sterben eine Belohnung kriegt – und der Grabbrief für das gemeinsame Grab der Eltern. Die Mutter hatte an alles gedacht. Erst jetzt fiel Bettina ein, dass sie andernfalls Gunter um die Begleichung der Bestattungskosten hätte bitten müssen.

Nun nahm sie einen voluminösen verschlossenen Umschlag aus dem Kasten. Darauf stand in zittriger Bleistiftschrift:

Liebe Bettina! Das kannst du später lesen. Ich bin ja dann tot und muss mich nicht schämen. Vielleicht verstehst du dann manches auch besser.

Deine Mutter.

Vorsichtig öffnete Bettina den Umschlag. Die beiden Tagebücher waren darin. Bettina atmete auf. Außerdem ein DIN-A4-Schulheft mit blauer Plastikhülle. Sie schlug es auf. Die liniierten Seiten waren nicht mit Helgas Schulmädchenschrift, sondern mit der festen, klaren Frauenhandschrift bedeckt, wie Bettina sie von ihrer Mutter kannte. In dem Heft lagen noch zwei mit Bleistift beschriebene Bogen und ein sauber aufgeschlitztes Couvert mit dem Mädchennamen der Mutter und einer durchstrichenen Hildesheimer Anschrift. Der Brief war nach Hannover umadressiert mit dem Vermerk: Jetzt verheiratete Korf – und trug eine französische Marke. Bettina zog vorsichtig den gefalteten Bogen heraus.

Ceyrat, le 2 décembre 1963

Chère Helga!

Bettina legte den Brief auf den Tisch.

»Judith! Jean Pierre hat sie neunzehn Jahre später wiedergefunden und ihr noch einmal geschrieben. Kannst du Französisch?«

»Leidlich.«

»Ich schaue mir nur noch die restlichen Dinge hier an.«

Bettina las das erste der mit Bleistift beschriebenen Blätter: Liebe Helga! – »Ah, das ist anscheinend Helgas Übersetzung des Briefes.«

Ceyrat, den 2. Dezember 1963

Liebe Helga!
Oft habe ich an Dich gedacht und mehrmals nach dem Krieg versucht, Dich zu finden, vergeblich. Ein Brief mit der Adresse der Gärtnerei Fahlbusch kam zurück: Empfänger unbekannt verzogen. Dann habe ich an Deine Mutter geschrieben. Der Umschlag war umadressiert, Brunnenstraße 14, und dann stand noch darauf: Empfänger verstorben. – Ich war sehr traurig. Wir sind damals abtransportiert worden, ohne daß ich von Dir Abschied nehmen konnte. Das war schlimm. Ich habe Dich lieb gehabt, und Deine Mutter und Deine Oma waren gut zu mir. Danach kam dann die Hölle. Die Deutschen hatten uns im Winter im Steinbruch eingesetzt und später zum Ausschanzen von Schützengräben im Osten. Mehrere meiner Kameraden sind gefallen, als die Russen kamen, und auch vierzehnjährige Kinder und alte Männer vom »Volkssturm«. Ich habe Glück gehabt und bin nach dem Rückzug und ein paar Wochen im Lager am 28. Juni 1945 in meiner Heimat in der Auvergne angekommen.

Inzwischen ist eine lange Zeit vergangen. Ich habe Architektur studiert und arbeite jetzt in Clermont-Ferrand und habe einen kleinen Sohn, Marcel. Meine Frau hat mich vor einem Jahr verlassen. Durch einen Zufall habe ich im Gespräch mit einem Kunden, dessen Frau Deutsche ist, erfahren, daß der DRK-Suchdienst noch immer Menschen zusammenführt, die sich im Krieg verloren haben. So habe ich Deine Adresse bekommen. Ich möchte so gern wissen, wie es »meiner kleinen Helga« jetzt geht. Ich hoffe gut!
Laß von Dir hören. Das würde mich sehr freuen.
Jean Pierre

Auf dem zweiten Bogen war anscheinend Helgas Antwort festgehalten.

Hannover, Weihnachten 1963

Lieber Jean Pierre!
Dein Brief hat mich sehr überrascht, wie Du Dir denken kannst. Die Zeit von damals war so ferngerückt. Ich habe nicht mehr geglaubt, jemals von Dir zu hören. Unser Haus in M. ist abgebrannt. Meine Mutter ist 1945 an Krebs gestorben, meine Oma 1950 mit 78 Jahren auf dem Acker. Sie arbeitete freiwillig in einer LPG (Landwirtschaftliche Produktionsgenossenschaft). Ich bin nach dem Krieg Krankenschwester geworden. Vor einem Jahr habe ich geheiratet und wir haben seit drei Monaten eine kleine Tochter, Bettina.
Lieber Jean Pierre, ich glaube es ist besser, wenn wir uns nicht mehr schreiben. Ich wünsche dir alles Gute.
Helga

Bettina begann zu weinen. Judith kam um den Tisch und legte ihr den Arm um die Schultern.

»Was ist denn?«

»Er hat ihr geschrieben, als ich gerade geboren war! Meinetwegen hat sie ihn nicht wiedergesehen!«

»So kannst du das doch nicht betrachten! Sie hat dich bestimmt haben wollen! Du bist doch kein Zufallsprodukt, so wie ich offensichtlich eins war. Komm, lass uns erst einmal alles lesen, was sie aufgehoben hat. Dieses große Heft hier mit dem Plastikumschlag, wie wir sie in der Schule hatten, das ist auch ihre Handschrift. Das sieht wie ein späteres Tagebuch aus. Komm, lass uns das jetzt lesen.« Judith schenkte Rotwein nach.

5. Januar 1962: Zum ersten Mal in meinem Leben hat mich ein Mann gefragt, ob ich ihn heiraten möchte. Um meine Gedanken darüber abzuklären, schreibe ich sie auf.
Seit der Sache mit J. P. damals habe ich es vermieden, mit einem Mann in eine nähere Beziehung zu geraten. In den ersten Nachkriegsjahren wäre ich gar nicht auf einen solchen Gedanken gekommen, denn ich hoffte ja noch immer, J. P. zu finden bzw. daß er mich suchen und finden würde. Heute kommt mir das fast lächerlich vor. In den Trümmerhaufen von Hildesheim gab es etliche Bretterwände, an denen auf Zetteln Suchanzeigen angebracht waren. Da gaben Ausgebombte und auch Vertriebene ihre neue Anschrift an, falls ein Angehöriger aus der Gefangenschaft oder sonst woher käme. Dessen Name war ebenfalls groß draufgeschrieben. Am Bahnhof standen bei jedem ankommenden Lazarettzug

oder Flüchtlingstransport Frauen mit Pappschildern: Gefreiter Fritz Soundso, Panzerregiment soundso. Später gab es dann auf dem Rathaus eine Kartei, und beim Roten Kreuz und bei den Kirchen. Aber was hätte es für einen Sinn gehabt, in Hildesheim nach einem Franzosen zu suchen, der Zwangsarbeiter in der nunmehr russischen Zone gewesen war? Ich konnte nur heulen, wenn ich die wartenden Frauen am Bahnhof sah und manchmal sogar eine sich mit einem ausgemergelten Soldaten umarmte. Schwamm drüber! Ich arbeitete ja damals schon beim Roten Kreuz, aber noch ungelernt. J. P. hätte mich suchen müssen, über die Gärtnerei. Natürlich nicht sofort nach Kriegsende, als keine Post und nichts ging, aber später. Falls er es gewollt hätte. Allerdings war unser Haus einen Tag vor dem Einmarsch der Amerikaner noch von einer Streubombe getroffen worden und abgebrannt. Das erfuhr ich aber erst fünf Monate später. Da hatte Thüringen schon russische Besatzung, die hatten die Amis am 1. Juli 45 abgelöst. Bereits Anfang 1945 hatten viele Leute durch die Greuelpropaganda große Angst vor den Russen. Vergewaltigungen und Verschleppungen und sogar Kindermorde wurden ihnen nachgesagt, so daß ich einen echten Grund hatte, mich im März mit meinem Rucksack Richtung Westen auf den Weg zu machen. Wir wußten ja nicht, ob wir von den Amis oder den Russen erobert würden. Oma hatte gemerkt, daß ich schwanger war. Mutti ging es sehr schlecht, Unterleibskrebs, wir wollten sie nicht damit belasten. Oma sagte: »Hau ab, Helga, ehe die Russen kommen, oder dein Vater, das wär für dich auch nicht viel besser. Vielleicht findest du ja im Westen deinen Franzmann wieder, wenn nicht, schaffst du es auch alleine.« Ich sollte versuchen, mich zu meiner Patentante Ulli in Hildesheim durchzuschlagen, von der ich allerdings seit meiner Konfirmation nichts mehr gehört hatte. Oma gab mir das Beste an Verpflegung mit, was es gab, dazu ein paar Dollarscheine – woher sie die hatte, weiß ich nicht. Von Mutti habe ich mich sehr schwer getrennt. Sie lag so dünn und blaß in ihrem Krankensaal-Bett und kriegte wohl gar nicht ganz mit, daß ich wirklich weg wollte. Auf Omas verrunzeltem Gesicht habe ich zum ersten und einzigen Mal Tränen gesehen, als sie unter der Haustür stand und mir nachwinkte ...

Aber was soll das jetzt alles. Ich will ja nicht meine Memoiren schreiben, sondern mir klar werden, ob ich Leopold Korf heiraten will. Ich habe mit Männern so gut wie überhaupt keine Erfahrung. Wie sie aussehen im Naturzustand, weiß ich als Krankenschwester natürlich zur Genüge, meistens nicht sehr attraktiv. Das gilt auch für Leopold K. Er ist auf meiner Station wegen einer Nachamputation am rechten Oberschenkel. Armer Kerl. Er ist aber nicht so jammerig wie die jüngeren Männer heutzutage, bedankt sich für jede Handreichung und hat sich nicht wichtig. Ja, und nun der »Antrag«. Er hielt meine Hand fest und sagte: »So eine wie Sie möchte ich heiraten. Mit Ihnen würde mir das Leben wieder Freude machen.« Ich habe meine Hand weggezogen und habe gelacht und gesagt: »Da seien Sie man nicht so sicher«, und bin rausgegangen. Natürlich versuchen männliche Patienten öfter mal, an Schwestern heranzukommen, das wissen wir alle, das ergibt einfach die Situation, die Körperkontakte und intimen Verrichtungen, und weil man sie bedient und um-

hegt. Da muss man sehr vorsichtig sein, darf sich auf nichts einlassen, das ist eine Grundregel in unserm Beruf. Am Tag drauf hat er wieder davon angefangen. Er sei bei der Bundeswehr, festes Einkommen und so. Als ob es mir darauf ankäme! Das habe ich selbst, zwar nicht üppig, aber mir genügt es. Und ich bin zufrieden mit dem, was ich erreicht habe und leiste. Und wenn der Chef mir mit einem anerkennenden Wort auf den Oberarm klopft, dann bin ich noch zufriedener. Also, was soll's.

8. Januar 1962: Heute ist L. K. entlassen. Zum Abschied sagte er, daß der Vorschlag ernst gemeint sei und ob wir uns nicht bald mal treffen könnten, privat, damit wir uns besser kennen lernen. Mal sehn.

15. Januar 1962: Nachdem K. zum zweiten Mal angerufen hatte, aber nicht aufdringlich, eher freundlich-sachlich, habe ich mich heute im Café mit ihm getroffen. Er hat gesagt, es käme ihm nicht auf die tägliche Versorgung an, so was sollte ich nicht denken. Er möchte einfach nicht immer allein sein, einen lieben Menschen um sich haben, zum Reden und mal Ausgehen und daß das Leben weitergeht, er möchte ein Kind, und dafür wäre ich die richtige Frau, ich könnte mit so einem Krüppel wie ihm umgehen und wäre so hübsch noch dazu. Ob ich nicht auch ein Kind haben wollte. Das hat mich ziemlich verwirrt, und ich habe mir Bedenkzeit ausgebeten. Ein Kind! Bei dem Gedanken sind nun doch alle Erinnerungen wieder da! Ich hatte ja schon mal ein Kind, wenn ich es auch nur einen Augenblick lang gesehen habe.

Ich will mich nun nicht mehr darum drücken, alles mal aufzuschreiben, ich muss es vor mir selbst klar bekommen, ehe ich mich entscheide. Ich war wochenlang unterwegs gewesen, zu Fuß, auf Militärfahrzeugen, auf Flüchtlingskarren, mal Richtung Südwest, mal Richtung Nord. Es war ja ein einziges Chaos im März/April 1945 auf Deutschlands Straßen. Ich will da nicht in Einzelheiten gehen. Nur das Wichtige.

Also, als ich Tante Ullis Wohnung in H. endlich gefunden hatte, sagte sie gleich nach der Begrüßung, dass sie schon einen Flüchtling aufgenommen hätte, der sei wie sie Deutscher Christ. Da dachte ich mir schon mein Teil. Deutsche Christen nannten sich die, die sich mit den Nazis arrangiert hatten. Sie war entsetzt, daß ich schwanger war. »Von wem denn? Und in heutiger Zeit!« Ich durfte eine Nacht auf dem christlichen Sofa schlafen. Am nächsten Tag habe ich Schwester Inge bei der Bahnhofsmission kennen gelernt und bin dort geblieben. Ich habe da gearbeitet, bis das Kind kam. Ohne Schwester Inge hätte ich mich, glaube ich, umgebracht. Sie war ein richtiger Schatz. Sie hat mit mir die Möglichkeit einer Inkognito-Adoption gleich nach der Geburt durchgesprochen, bei der die einwilligende Mutter weder den Namen noch nähere Umstände der annehmenden Eltern kennt. Mir schien das ein Rettungsweg. Es war als ledige Mutter unmöglich, ein Kind in einer Sammelunterkunft aufzuziehen und dabei zu arbeiten. Ich hatte ja keinen Pfennig Geld und konnte nicht allein die Verantwortung für ein Kind übernehmen in all dem Chaos. Im April war in H. der Krieg mit dem Einzug der Engländer zu Ende. Ich kam zu dem Entschluß, daß es das Beste wäre, das Kind wegzugeben, falls überhaupt im Juni 1945 jemand so verrückt sein könnte, freiwillig einen Säugling aufzunehmen. Andernfalls hätte es ins Heim gemusst. Und Heime damals! Na ja! Schwester Inge hat dann alles in die Hand genommen. Von dem Kind habe ich nur den ersten Schrei gehört und sonst nie wieder etwas. Ich weiß nur, daß es ein Mädchen war. Später habe ich mir oft Vorwürfe gemacht und habe geweint, wenn ich kleine Kinder beobachtet habe. Wie kann eine Mutter nur ihr Kind weggeben! Ich konnte mir kaum noch vorstellen, wie schlimm die Situation damals gewesen war. Es quälte mich, daß ich nicht wußte, bei wem die Kleine aufwuchs, ob sie gut behandelt wurde, ob sie gesund war ... Mit der Zeit bin ich dann drüber weggekommen. Ich habe einen nützlichen Beruf, da kann ich auch für Menschen sorgen. Aber nun kommt dieser Leopold Korf und fragt, ob ich ein Kind will ...

Ja. Das will ich. Und an dem Kind alles gut machen, was ich an meiner Tochter von Jean Pierre versäumt habe. Ich gebe meinen Beruf auf und nehme den Leopold und will ihm eine gute Frau sein.

Bettina lächelte. »Echt Mama. Im Großen und Ganzen hat sie es so gemacht, wie sie es sich vorgenommen hatte. Wenn sie auch an mir eindeutig des Guten etwas zu viel getan hat.« Sie legte die Briefe in das Heft zurück und wollte es schließen, als sie sah, dass nach vielen leeren Seiten die letzte wieder beschrieben war, mit der zittrigen Altersschrift ihrer Mutter.

Hannover, August 2001: Bei dem vielen Aufräumen letzte Woche habe ich die drei alten Hefte und die Briefe gefunden und alles noch einmal durchgelesen, was mir im Leben passiert ist. Dann war Bettina hier und ist diesmal sehr lieb gewesen (wenn auch etwas angeschlagen). Sie hat viel von ihrer neuen Freundin erzählt, die ein Adoptivkind war. Sie ist so alt wie meine Tochter von Jean Pierre jetzt wäre. Ich habe mir vorgestellt, natürlich nur so aus Spinnerei, daß diese Judith meine Tochter sein könnte. Vielleicht lerne ich sie noch mal kennen.

Jetzt war es Judith, die anfing zu weinen. Bettina musste sie trösten. Die Rotweinflasche war leer. Bettina holte den Portwein von Frau Mischreuter aus dem Schrank, und sie stießen an. Dann nahm Bettina das letzte Kuvert aus dem Kasten. Es enthielt ein offensichtlich über viele Jahre geführtes Sparbuch. Die letzte Einzahlung von 100 D-Mark datierte vom vorangegangenen Monat. Bettina starrte auf den Endbetrag: 62594,32 D-Mark. Beigefügt war eine Vollmacht auf ihren Namen.

»Mein Gott«, flüsterte sie. »Ich bin frei.«

Sie wollte ihre Familie nicht bei der Trauerfeier haben. Ihre Eltern hatten Gunter damals auf der Hochzeit kennen gelernt, und ihr Vater hatte später zu ihrer Mutter gesagt: »Lass das Mädchen laufen. Dem Mann sind wir nicht fein genug.« Die Mutter hatte sie einmal in Stupferich besucht, als die Zwillinge noch klein waren, hatte ihnen später Weihnachtspäckchen geschickt mit Dingen, die sie nicht recht zu schätzen wussten, selbst gestrickte Kniestrümpfe zum Beispiel, oder einmal ziemlich stumpfe Taschenmesser mit Griff aus falschem Hirschhorn, als sie bereits ihre ersten Schweizer Offiziersmesser besaßen. Oder Thüringer Christstollen, und Piet mochte das Zitronat darin nicht, spuckte es aus und legte es auf den Tellerrand. Die Kinder wollten keine Dankbriefe schreiben. Es kam keine Verbindung mit der Großmutter zustande. Und auch Bettinas Kontakte zu ihren Eltern hatten sich ja auf Geburtstagsglückwünsche und Urlaubspostkarten und gelegentliche Telefonate beschränkt, solange ihre Mutter gesund war. Zur Beerdigung des Vaters vor drei Jahren war sie natürlich nach Hannover gefahren.

Die Trauerfeier also ohne die nicht trauernde Familie. Aber wie überhaupt sollte man Abschied nehmen. Bettina bedauerte, dass die Eltern aus der Kirche ausgetreten waren.

»So ein Pastor hat eben die richtigen Bibelstellen parat und die passenden Choräle«, sagte sie zu Judith.

»Die kommen einem zwar, wenn man sie wörtlich nimmt, meistens etwas antiquiert vor, aber trotzdem ist es wohl kein Zufall, wenn man die Kirche gerade bei Todesfällen vermisst. Alle Religionen beschäftigen sich ja ganz zentral mit dem Tod. Wahrscheinlich sind sie überhaupt auf diese Weise entstanden, aus der Unbegreiflichkeit des Todes, für den die Menschen eine Erklärung und einen Trost suchten. Und auch für die anderen großen Lebenseinschnitte – Geburt, Eheschließung – haben die

Religionen Rituale geschaffen, die man eben braucht, Feste, die den Alltag unterbrechen.«

»Hm. Aber wie machen wir es denn nun?«

Musik? Welche? Judith brachte vom Multimediakaufhaus Saturn – »ein Horror-Ort, den ich einzig und allein aus Liebe zu dir betreten habe«, wie sie sagte – mehrere CDs mit. In der Wohnung der Mutter befand sich allerdings, wie zu erwarten war, kein CD-Player. Auch hier wieder konnte Frau Mischreuter hilfreich tätig werden.

Die beiden Freundinnen hörten fast den ganzen nächsten Nachmittag über Bach. Es waren Stunden der Freude und des Bewegtseins, aber es war nicht ganz einfach, das Passende für die Trauerfeier zu finden. Zum Beispiel gefielen Bettina die Zeilen *Die Kraft verschwindt je mehr und mehr ... Der saure Weg wird mir zu schwer,* aber die Eingangsworte dieser Motette – *Komm, Jesu, komm* – hätte ihre Mutter bestimmt nicht akzeptiert. Sie entschieden sich schließlich für das *Gloria in excelsis Deo et in terra pax* aus der h-Moll Messe.

»Mit dem Text kann man nichts falsch machen, und außerdem ist die Musik herrlich«, fand Bettina.

»Überhaupt merkt man ja an der Kirchenmusik, was für eine großartige Sache das Christentum einmal war«, sagte Judith. »Und an der Architektur natürlich auch, früher, ich meine jetzt nicht die hiesige Friedhofskapelle. Mit dem Schwinden des Glaubens ist den Architekten auf diesem Gebiet wohl schöpferisch die Puste ausgegangen.«

Im Lauf der Jahre hatte Bettina – wie viele gutwillige Menschen – versucht, nicht allzu gedankenbeschwert, sich in einer Art privater Mischreligion einzurichten. Dass Christus für ihre Sünden vor zweitausend Jahren am Kreuz gestorben sein sollte, hatte ihr der konfirmierende Pastor Fricke nicht plausibel machen können, was ihr damals ein schlechtes Gewissen bereitet und außerdem zur Folge hatte, dass sie die meisten Choräle ihrer Texte wegen nicht aus vollem Herzen mitsingen konnte. Aber auch die klugen Aussprüche des Kleinen Prinzen von Saint-Exupéry konnten auf Dauer keinen vollen Ersatz bieten. Sie war nicht gläubig im engeren Sinn, aber doch voll Staunen über die Schöpfung, und überzeugt, dass es Dinge gibt, die unerklärlich und wichtiger als das Materielle sind. Und das Reich und die Kraft und die Herrlichkeit entsprachen ihrer vagen Vorstellung vom Kosmos und bestätigten, dass Welten über uns existieren, die uns selbst recht klein erscheinen lassen, von denen uns aber Kräfte zuströmen. Prana, Lebenskraft einatmen. Die Menschen bekamen etwas vom Göttlichen ab, sonst gäbe es ja zum Beispiel keine großen Künstler, keine Musik, keine Liebe. Darüber hinaus versuchte sie sich an die buddhistische Regel zu halten, mit allem Lebendigen achtsam umzugehen. Und wie dankbar war sie, wem auch immer, dass sie und die Kinder gesund waren, und Gunter natürlich auch. Gott konnte sich selbstverständlich nicht um die Kleinigkeiten jedes Einzelnen kümmern, aber vielleicht hatte er dafür wirklich Schutzengel ausgesandt? Damals, als Piet beinahe unter den Lastwagen geraten wäre zum Beispiel ... Für Bettina war es ein Grundgefühl geblieben, dieses Aufgehobensein in der Schöpfung. Und es war gut, sich angesichts des Todes daran zu erinnern. Und an alles, was sie selbst falsch gemacht hatte und die Mutter auch, und sie – oder Gott? – um Verzeihung zu bitten und ihr zu verzeihen. Und die herrliche Bach-Musik hatte ihr gut getan.

»Sag mal«, sagte sie plötzlich, »meine Mutter erwähnt doch einmal in dem ersten Tagebuch ein Stück von Beethoven, das Jean Pierre ihr auf der Mundharmonika vorgespielt hat, wäre es nicht mehr in ihrem Sinne, wenn wir das nehmen für die Trauerfeier?«

»Die Romanze F-Dur. Ja. Ein bisschen lang vielleicht und ... Aber du, ich mache mich noch einmal auf in den Schauderladen und hole die CD.«

Judith übernahm es auch, bei der Trauerfeier ein paar Worte über Helga zu sagen, die Daten und Stationen ihres Lebens, und über ihr Pflichtgefühl und ihre Tapferkeit – und ihr Bedürfnis nach Liebe, das nicht immer ganz gestillt werden konnte. Die Gründe dafür ließ sie offen.

Unter Führung von Frau Mischreuter waren ein paar Nachbarinnen und die Kassiererin der Edeka-Filiale gekommen. Auch zwei ehemalige Kolleginnen der Mutter hatten sich eingefunden und drückten ihre hohe Wertschätzung der Verstorbenen und ihr Beileid aus.

Bettina sprach am Grab ein Vaterunser.

Dann war das Erdenleben von Helga Korf geb. Falbusch vorüber.

Bettina benachrichtigte Gunter erst am Tag danach und teilte ihm mit, dass sie vorerst in Hannover bleiben werde wegen der Wohnungsauflösung und so weiter. Er sagte, für entstehende Kosten könne sie ihm die Rechnungen schicken, er werde sie umgehend begleichen. Immerhin. Okay, danke. Tausend Grüße an die Zwillinge.

Am gleichen Abend rief Jan an. Die Jungen hatten sich ein Prepaid-Handy gekauft, »für 44 Mark inklusive erste Karte im Wert von fünfundzwanzig Mark«, wie er stolz erklärte. »Die Gespräche hauen aber in die Kasse, Mami. Die Minute am Tag eine Mark neunundsechzig. Nach zwanzig Uhr neunundsechzig Pfennig.« Er bat um Rückruf. Bettina war glücklich, dass sie ihre Söhne nun jederzeit erreichen konnte.

Als sie später anrief, war Piet am Apparat. »Wir haben von Papa gehört, dass Oma gestorben ist. Es tut mir leid. Überblickst du schon, wann du – oder besser, ob du überhaupt zurückkommst?«

Sie war erschrocken über diese sehr direkte Frage. »Ich glaube, das können wir nicht am Telefon besprechen, Piet. Zunächst bleibe ich hier.«

»Du hast ja neulich schon mal vorsorglich von einem Internat für uns gesprochen. Ich wollte dir nur sagen, dass wir beschlossen haben, bei Papa zu bleiben. Wenn er kapieren sollte, dass wir keine kleinen Kinder mehr sind, bekommen wir es vielleicht hin. Er tut uns einfach leid mit seiner Arbeitslosigkeit und so. Da wollen wir nicht auch noch wegrennen.«

Das war deutlich. Bettina bekam eine Ahnung davon, wie schwierig und auch schmerzlich ein Neuanfang für sie werden würde. Aber so unfroh wie ihre Mutter wollte sie die nächsten vierzig Jahre nicht verbringen.

Während Judith am nächsten Tag ihre Reisetasche packte, fragte Bettina: »Wann hast du eigentlich Geburtstag?«

»Noch lange nicht, erst im Juni. Hast du schon ein Geschenk parat, oder wie kommst du jetzt darauf?«

»Mir ist etwas aufgefallen. In dem Originalbrief von Jean Pierre hat Mama das Datum seiner Rückkehr nach Frankreich mit Bleistift unterstrichen und ein Ausrufezeichen an den Rand gemacht. Es war der 28. Juni 1945.«

»Oh?« sagte Judith. »Exakt mein Geburtstag.« Sie ließ ihre Haarbürste fallen. »Zeig mal.«

Bettina öffnete den Kognakkasten und holte den Brief heraus und überlegte: »Als ob sie gedacht hätte: Ausgerechnet am Tag meiner Niederkunft! Übrigens hatte Mama auch so einen komischen geknickten Finger wie du an der linken Hand. Du, das wäre doch verrückt, wenn wir Halbschwestern wären!«

Judith war blass geworden. »Ach, hör auf. Das mit dem Finger ist, glaube ich, nicht erblich.«

»Es war ja nur so eine plötzliche Idee. Und im Grunde ist es für unsere Freundschaft auch nicht wichtig, oder?«

Judith antwortete nicht gleich. »Nicht wichtig. Findest du? Es ist nicht so wichtig für mich, wer meine Eltern waren?«

»Entschuldige, so meinte ich es nicht. Du hast doch selbst gesagt, das Kapitel sei für dich abgeschlossen.«

Judith hatte sich gesetzt und starrte vor sich hin. »Das habe ich auch gedacht. Aber jetzt ist es anders, weil ich so viel über Helga weiß durch die Tagebücher und ... und auch über ihn mit seiner Mundharmonika. Dass er zärtlich war ... In gewisser Hinsicht ist es einfacher gewesen zu denken, sie sei kaltherzig gewesen und mein Vater vielleicht ein widerlicher Trunkenbold oder so was, und ich müsste froh sein, dass ich die beiden gar nicht kennen gelernt habe.«

»Das verstehe ich nicht. Jetzt könntest du doch viel froher sein, wenn du sozusagen ein Kind der Liebe wärest.«

Judith, nun bemüht sachlich: »Es ist ja auch sowieso nur Spinnerei, wie deine Mutter schon selbst sehr richtig geschrieben hat.« Aber nach einer Weile des Nachdenkens: »Immerhin habe ich mal ihre Stimme gehört, neulich am Telefon. Sie hat gesagt, sie hätte früher auch eine ältere Freundin gehabt, die wäre sehr wichtig für sie gewesen. Wahrscheinlich meinte sie diese Schwester Inge ... Aber will ich nun plötzlich wirklich wissen, wie mein Vater ist ... oder war? Vielleicht – eher wahrscheinlich – ist er ja längst tot«, sagte sie langsam. Dann fuhr sie wütend auf: »Ach Gott, jetzt fängt das alles wieder von vorne an! Nein! Soll ich etwa in die Auvergne fahren und nach ihm suchen?« Sie lachte. »Vielleicht 'ne Speichelprobe verlangen von einem verdächtigen Dorfgreis? 'ne DNS-Analyse machen lassen? Und seine Erben bekommen es mit der Angst zu tun? Wozu soll das gut sein? Ich will das einfach nicht. Ich bin ich, und damit basta.«

»Wir könnten uns doch einfach bloß vorstellen, dass wir Schwestern sind«, schlug Bettina vor. Und nach einem kleinen Zögern: »Möchtest du die Hälfte von dem Sparbuch-Geld?«

Judith nahm sie in die Arme. »Du bist ja wohl verrückt. Ich habe doch damals von meinen Eltern was geerbt.« Sie schüttelte den Kopf. »Komisch, dass ich immer ›meine Eltern‹ sage, wenn ich an sie denke.«

»Mir kommt das ganz natürlich vor.«

»Du hast recht ... Übrigens jetzt, wo du das mit dem Datum sagst: Dann hätten Jean Pierre und deine Mutter ja zweimal solche zeitlichen Gegenläufe gehabt. Er erreichte seine Heimat an dem Tag, als sie in der Fremde das Kind bekam. Und er trennte sich zur gleichen Zeit von seiner Frau, als sie ihren Leopold nahm.«

»Als ob es einfach nicht hätte sein sollen, dass sie zusammen kamen«, sagte Bettina traurig.

Judith lächelte. »Und ich weiß sogar warum: Weil du sonst gar nicht auf der Welt wärst. Jedenfalls nicht so, wie du bist. Und das wäre sehr, sehr schade.«

Am nächsten Tag war im Feuilleton der Hannoverschen Neuen Presse eine Picasso-Radierung mit zwei nackten, einander ernst betrachtenden Frauen abgebildet mit dem Hinweis, dass die Galerie Felix Giltemeier eine Ausstellung von Picasso-Grafiken zeige. Bettina hatte tagelang alle Gedanken an Roberto weggedrängt. Jetzt stieg eine jähe Hoffnung in ihr auf, dass er zurückgekommen sein könnte. Sie wagte nicht anzurufen aus Angst vor einer Enttäuschung. Sie wollte hingehen, aber erst kurz bevor die Galerie geschlossen wurde, wenn keine Besucher mehr dort waren. Unruhig machte sie sich in der Wohnung der Mutter zu schaffen, ordnend, sortierend, säubernd, manchmal seufzend, gelegentlich einfach wütend über den vielen unnützen kaputten Krempel. Dazwischen Momente der Rührung, etwa als sie den mit Blümchen bemalten hölzernen Kranz mit den zwölf, zum Teil angesengten, Löchern in den Händen hielt, ihren Geburtstagskranz. Jedes Jahr wurde eine Kerze mehr angezündet. Die Kerzenstummel lagen noch mit in der Tüte ... Zwischendurch warf sie immer wieder einen Blick in den Spiegel, fand sich müde und alt aussehend. Schließlich wusch sie sich die Haare, legte etwas Makeup auf und machte sich auf den Weg.

Mit klopfendem Herzen stieg sie die Stufen zur Galerie hinauf und öffnete die Tür. Felix Giltemeier stand mit einem älteren Herren vor einer der Grafiken an der rechten Wand. Jetzt drehte er sich zu ihr um, kam auf sie zu und beugte sich über ihre Hand. »Möchten Sie sich umschauen?« Während er sein Gespräch wieder aufnahm, ging sie langsam an den Bildern vorbei nach hinten, blickte durch die halboffene Tür über den Gang ins Büro, kam zu der schmerzlichen Überzeugung, dass sich niemand dort aufhielt. Dann wanderte sie von Blatt zu Blatt, zunächst eigentlich Interesse nur vortäuschend.

Aber es war unglaublich, welche Ausstrahlung diese Originalgrafiken hatten im Vergleich zu den Abbildungen, von denen sie einige kannte. Fast vergaß sie darüber den Hauptgrund ihres Kommens.

Nachdem Giltemeier den Besucher verabschiedet hatte, blieb er mit ihr vor einer der Radierungen aus der Suite Vollard stehen, die wie noch drei weitere der etwa zwanzig an den Wänden hängenden Blätter den Bildhauer mit seinem Modell darstellte, beide nackt vor einem Fenster. Bettinas Blicke wanderten vergleichend zwischen den vier Grafiken hin und her.

»Haben Sie schon einen Favoriten?« fragte Giltemeier. Sie zeigte spontan darauf.

»Ach, interessant. Das ist auch meiner. Am liebsten würde ich das Blatt nicht weggeben.«

»Es besteht keine Gefahr, dass ich es Ihnen abspenstig mache.«

»Bei mir hat der Wunsch des Kunden immer Priorität.«

»Ich stelle es mir nicht einfach vor, Galerist zu sein. Die schönsten Dinge möchte man doch sicher immer selbst behalten.«

»Ja, das ist tatsächlich eine Schwierigkeit. Man ist gleichzeitig Jäger und Sammler. Bei mir ist das jedenfalls so. Manchmal habe ich ein Bild zunächst selbst genommen, musste es später aber dann schmerzlicherweise doch weggeben.«

»Zu einem inzwischen kräftig gestiegenen Preis, versteht sich«, sagte sie lächelnd.

Er nickte. »Richtig. Jäger, Sammler – und Geschäftsmann.«

»Können Sie Ihre Entscheidung für dieses Blatt begründen?« fragte sie neugierig. Wieder schauten sie es beide an.

Auf der Radierung vom 30. März 1933 – Picasso hat seine Grafiken tagebuchartig datiert, erläuterte Giltemeier – sitzt der bärtige, blütenbekränzte Bildhauer mit angezogenem Knie, auf ein Kissen gestützt, links im Vordergrund. Versunken blickt er mit großen Augen ins Leere. Der Kopf des liegenden Mädchens ruht auf seiner linken Schulter. Sie hält mit der Rechten seinen Nacken umfasst, ihr linker Arm liegt auf seiner Brust. Sie blickt traurig in Richtung des Betrachters. In der Mitte des Bildhintergrundes steht eine Blumenvase neben einem Schälchen auf dem – nur durch einen Strich angedeuteten – Fensterbrett. Rechts ist der Rücken eines weiblichen Torsos auf einem Sockel zu sehen.

»Begründen? Sie stellen da eine heikle Frage.« Giltemeier lachte. »Vielleicht, weil der Mann einen so schönen Fuß hat? Mit Picassos Männerfüßen habe ich sonst gelegentlich Schwierigkeiten.« Bettina fielen Giltemeiers eigene Füße in den Gesundheitssandalen ein. Heute trug er übrigens elegante Straßenschuhe, Budapester Lochmuster. »Aber lassen Sie uns ernsthaft darüber reden. Es ist wohl häufig so: Man fliegt auf ein Bild und versucht erst im Nachhinein eine Begründung dafür zu finden. Denken Sie über Ihre nach. Ich koch uns mal einen Tee, wenn es Ihnen recht ist.«

Der gleiche Vorschlag, den Roberto bei ihrem ersten Galeriebesuch gemacht hatte. Mit den gleichen Worten. Ach, Roberto! – Giltemeier musste etwas in ihrem Gesicht gelesen haben. Er stutzte und sah sie prüfend an, so schien es ihr, ehe er nach hinten ging. Die Erinnerung an Roberto schob sich fast schmerzhaft vor die Realität. Sie wollte sich auf »ihren« Platz an dem langen Holztisch setzen, musste sich zwingen stehen zu bleiben, wurde dann aber wieder von Picassos traumwandlerisch geführten Linien gefangen genommen. Als Giltemeier zurückkam und das Teebrett absetzte, fragte er: »Bleiben Sie bei Ihrer Entscheidung?«

»Es sind noch mehrere Blätter da, die mich genauso faszinieren. Bei diesem finde ich die Vertrautheit und gleichzeitige Fremdheit zwischen den beiden so bewegend. Die körperliche Zärtlichkeit, obwohl beide an verschiedene Dinge zu denken scheinen. Der Bildhauer hat vielleicht schon sein nächstes Werk im Sinn, und das Mädchen weiß, dass es zunächst einmal seine Funktion erfüllt hat, nachdem die Skulptur vollendet ist.«

»Sie haben Phantasie«, sagte Giltemeier mit ein wenig spöttisch gefärbter Anerkennung. »Eine ganze Geschichte – aus dem Psycholand.«

»Ich denke mir das nicht aus. Picasso hat einfach das gezeichnet, was ist«, erwiderte sie. »Auch auf den anderen Blättern sehen sich die Menschen ja fast nie an. Nur die beiden Frauen hier – sie beugte sich vor und versuchte das spiegelschriftlich erscheinende Datum der Gravur zu lesen – vom 29. Januar 1934.«

»Bravo«, kommentierte Giltemeier freundlich.

»Sie blicken sich an. Vielleicht hat Picasso ja mitgekriegt, dass sich Frauen untereinander manchmal näher sind als Männer und Frauen«, fügte sie hinzu. »Er selbst soll ja ein ziemlicher Macho gewesen sein.«

»Ein Egoist. Sicher. Wie alle Künstler. Wer sich ständig sagen wir, um die Hausaufgaben seiner Kinder kümmert oder mit Feuereifer in der Nachbarschaftshilfe betätigt, der kann keine großen Werke schaffen. Aber instinktiv wusste Picasso viel vom Leben.«

»Ich versuche jetzt mal, ganz ohne Psychologie, meine Begeisterung mit dem Zeichnerischen zu begründen. Zum Beispiel finde ich es wunderbar, wie man durch diese drei waagerechten Strichlein hier ganz rechts neben dem Sockel ahnt, wie lang die Beine des Mädchens sind. Und ...,« sie zeigte auf den Torso, »wie Picasso hier mit den drei kleinen gekurvten Linien Gesäß und Oberschenkel markiert.«

»Gutes Auge«, sagte Giltemeier. »Jetzt gebe ich das Blatt noch weniger gern her.«

Sie wunderte sich selbst über ihre Kühnheit, fühlte sich leicht geschmeichelt. »Ich sagte aber schon: Ich kann und werde es sowieso nicht kaufen.« Er ging zum Tisch und schenkte Tee ein, gab in seine Tasse einen kräftigen Schuss Rum aus einer Glaskaraffe hinzu. Sie setzte sich und dachte dabei wieder an den ersten Tee mit Roberto. »Sie haben eine völlig falsche Vorstellung von mir«, fuhr sie fort. »Ich muss Sie jetzt einmal aufklären. Ich bin eine Hausfrau aus der süddeutschen Provinz ...«

»Ich weiß. Aber wo haben Sie sehen gelernt?« unterbrach er sie. »Das hat sich schon Roberto damals gefragt.«

»Ach.« Sie konnte nicht verhindern, dass ihr das Blut ins Gesicht stieg. »Hat er Ihnen von mir erzählt?«

»Aber sicher. Er war ganz begeistert von Ihrem naiven Durchblick, wie er es nannte. Ich denke aber, es ist mehr bei Ihnen. Was haben Sie studiert?«

»Ich habe überhaupt nicht studiert.« Sie hatte plötzlich keine Lust mehr, mit Giltemeier über Bilder zu reden. Diese arroganten Leute schienen ihre Kunden zu analysieren, um ihnen möglichst geschickt ihre Bilder anzudrehen und sich anschließend über sie lustig zu machen. Roberto hatte einen Vertrauensbruch begangen. Es war Zeit, das Gespräch zu beenden.

»Und um das klar zu stellen«, sagte sie, »meine finanziellen Verhältnisse erlauben mir keine Kunstkäufe. Ich bin gerade dabei, mich von gmeinem Mann zu trennen.«

»Ach. Tut mir leid ... Bleiben Sie in Hannover?«

»Ich weiß es noch nicht.«

Giltemeier rührte in seinem Tee. Nach einer Weile blickte er auf, musterte sie kurz von Kopf bis Fuß und sah ihr noch einmal ins Gesicht, ehe er fragte: »Weshalb sind Sie hergekommen?« Sie war einen Moment lang unsicher. Wusste er, dass sie Roberto hatte treffen wollen?

»Um Grafik von Picasso zu sehen.«

»Hm.« Er schien nachzudenken. Er stand auf, kehrte

ihr den Rücken zu, blickte eine Weile durch die Glastür auf die Straße. Dann drehte er sich um und sagte ernst: »Roberto Pascual wird nicht wiederkommen.«

Ihr stockte der Atem. Sie verschränkte ihre Hände, die angefangen hatten zu zittern. Giltemeier hatte nicht gesagt »ist noch nicht zurück«. Was sollte das bedeuten: »... wird nicht wiederkommen?« Es klang endgültig.

Er setzte sich. »Mir ist gerade ein Gedanke gekommen. Möchten Sie bei mir arbeiten?«

»Ich? – Ja – wieso – was – hier in der Galerie?« Während er weiter sprach, bemühte sie sich, Atem zu holen und das schreckliche Zittern zu unterdrücken.

Es war absurd: Roberto war verschwunden und sie sollte seinen Platz einnehmen. Bettina versuchte, sich auf Giltemeiers Erklärungen zu konzentrieren.

»... verstehen Sie? Ich kann hier nicht meine ganze Zeit verbringen. Ich muss zu Auktionen, zu Künstlern, zu Ausstellungen, zu Messen. Ich brauche jemanden für diese Galerie, die nur ein kleines Schaufenster meiner kunsthändlerischen Aktivitäten darstellt, daher ja auch recht unterschiedliche Kunstrichtungen zeigt. Ich brauche einen sensiblen, zuverlässigen Menschen ... am besten natürlich mit EDV-Kenntnissen«, setzte er halb fragend hinzu.

»Die habe ich.« Ein Augenblick leichten Triumphgefühls über Gunter, dem sie den Computerkurs abgetrotzt hatte.

»Ich habe schon erwogen, den Laden hier zu schließen. Der Hauptteil des Kunsthandels spielt sich ja heute auf den Messen ab und durch die dort geknüpften Verbindungen. Aber ich habe vor fast dreißig Jahren diese kleine Galerie gegründet und bin noch immer der vielleicht sentimentalen und altmodischen Auffassung, dass manche Kunstwerke ruhige Räume, Muße, das Gespräch mit einem gleich gestimmten Menschen brauchen. Diese Grundebene des Kunsthandels sollte erhalten bleiben, für Initialzündungen, für Einsteiger, die sich nicht mit irgendeinem Kaufhauskitsch in ihrer Wohnung zufrieden geben. Auf der mittleren Ebene des Marktes, mit den betuchten, prominenteren Sammlern, die zum Teil ja genau so angefangen haben, habe ich auch gern zu tun. Bei den Millionendeals dagegen auf Auktionen wie Sotheby's, auf dem Aktienmarkt sozusagen, möchte ich nicht mitmachen. Das ist nicht meine Welt.«

Er schenkte Tee nach, hob die Rumkaraffe mit einem fragenden Blick zu ihr hin und goss sich nach ihrem Kopfschütteln noch einmal selbst daraus ein.

Bettina stand auf und ging wieder langsam von Bild zu Bild, wie unter einem Zauberbann. Dann blieb sie vor Giltemeier stehen. »Ich glaube, ich passe hierher«, sagte sie.

Giltemeier erhob sich. »Ich freue mich über diese Entscheidung noch weit mehr, als wenn Sie das Blatt gekauft hätten.«

»Vielleicht nehme ich es ja später trotzdem, falls es noch da ist. Bekomme ich dann Mitarbeiterrabatt?«

»Chapeau bas! Sie lernen schnell.«

Sie besprachen ihre Arbeitsbedingungen und er machte einen durchaus akzeptablen Lohnvorschlag. Dann war der Augenblick gekommen, ihr das Büro zu zeigen. Sie spürte eine Unruhe in der Herzgegend. Giltemeier erklärte: »Es ist gerade renoviert worden und ich habe gründlich aufgeräumt. Roberto Pascual hatte ein Chaos hinterlassen. Er wollte ja wiederkommen, hatte er beteuert, aber nun hat er in Chile einen Vertrag mit einer spanischen Filmgesellschaft abgeschlossen. Für zwei Jahre. So war er immer. Auf Neues aus. Spontan. Bindungslos. Heimatlos auch, letzten Endes. Ich kenne ihn seit seinem dreizehnten Lebensjahr.«

Sie standen im Türrahmen. Bettina blickte in den hellen Raum, der ihr jetzt größer erschien und in dem nichts an Roberto erinnerte. »Stand hier nicht eine kleine Sitzbank?«

»Richtig. Man müsste sie restaurieren lassen. Meinen Sie, dass sie nötig ist?«

»Eigentlich nicht.«

Felix Giltemeier beobachtete sie von der Seite. »Sie mochten ihn sehr, nicht wahr?« fragte er vorsichtig.

Sie wendete ihm ihr Gesicht zu. »Ja.«

»Mir geht das nun schon seit fünfundzwanzig Jahren so.« Er blickte weg. Es schien ihr fast, als kämpfe er mit den Tränen. Er räusperte sich. Dann deutete er auf die linke Wand. »Hier könnten wir Ihren Shapiro aufhängen«, schlug er vor.

Bettina weinte nicht. Bettina strahlte.

G. BRAUN BUCHVERLAG
Karlsruhe
www.gbraun-buchverlag.de

Covergestaltung: Annett Rücker unter Verwendung eines Gemäldes von Shmuel Shapiro, Sammlung Gerd und Renate Lange.

ISBN 978-3-7650-8395-2

Ulrike Thimme im G. Braun Buchverlag

Ulrike Thimme
Spurlos verschwinden
17 Geschichten
138 Seiten, Broschur
ISBN 978-3-7650-8362-4

Siebzehn Geschichten, siebzehn Situationen, in denen sich durch ein paar Worte zu viel oder zu wenig fast unmerklich eine Beziehung, vielleicht ein ganzes Leben verändert. Oft ist Liebe im Spiel – oder Mangel an Liebe zwischen Vater und Tochter, zwischen Geschwistern, zwischen Paaren.

»Packend und einfühlsam.«
Badische Neueste Nachrichten